DREAMBOOKS★

용을 삼킨

검

7

사도연 신무협 장편소설

ORIENTAL FANTASY STORY & ADVENTURE

dream
books
드림북스

용을 삼킨 검 7 미종(魔宗)

초판 1쇄 인쇄 / 2015년 3월 19일
초판 1쇄 발행 / 2015년 3월 26일

지은이 / 사도연

발행인 / 오영배
책임편집 / 편집부
펴낸 곳 / (주)삼양출판사 · 드림북스

주소 / 서울시 강북구 도봉로 173
대표 전화 / 02-980-2112 팩스 / 02-983-0660
편집부 전화 / 02-980-2116 팩스 / 02-983-8201
블로그 / blog.naver.com/dreambookss

등록번호 / 제9-00046호
등록일자 / 1999년 3월 11일

ⓒ 사도연, 2015

값 8,000원

ISBN 979-11-313-0162-3 (04810) / 979-11-313-0111-1 (세트)

* 지은이와 협의하에 인지는 생략합니다.
* 잘못된 책은 구입한 곳에서 바꾸어 드립니다.

* 이 도서의 국립중앙도서관 출판시도서목록(CIP)은 서지정보유통지원시스템홈페이지(http://seoji.nl.go.kr)와
  국가자료공동목록시스템(http://www.nl.go.kr/kolisnet)에서 이용하실 수 있습니다. (CIP제어번호: 2015008017)

사도연 신무협 장편소설

ORIENTAL FANTASY STORY & ADVENTURE

7

마종(魔宗)

dream
books
드림북스

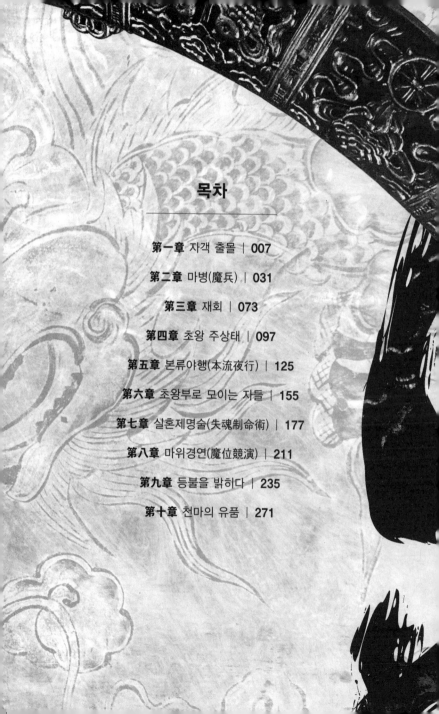

목차

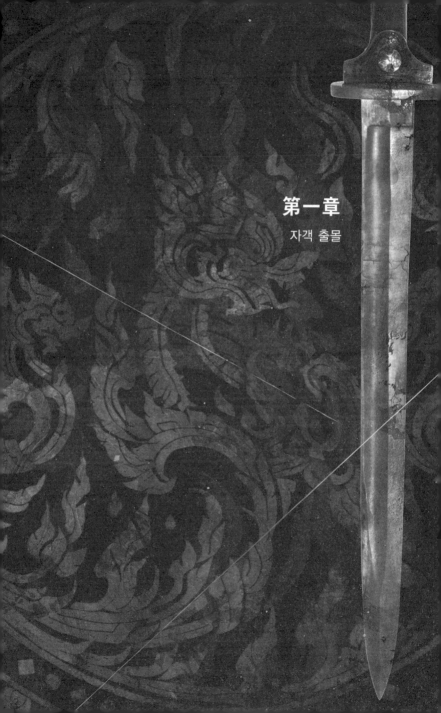

第一章

자객 출몰

무성은 입가로 피를 잔뜩 쏟아 내면서 바닥에 쓰러진 개 가면, 상철을 내려다보았다.

상철의 몸은 쉴 새 없이 움찔움찔 경련을 일으키고 있었다. 척추를 비롯한 주요 뼈가 모조리 박살이 난 데다가 기혈이 처참하게 망가졌다.

죽어도 몇 번은 죽었을 상처지만 숨은 붙어 있었다.

'혈랑단. 이들을 그냥 풀어 준 내가 그동안 너무 안일했던 거야.'

곤호심법을 던져 주고 동정호 인근에 마련해 둔 안가에서 수련을 쌓으라고 했다. 마약과 여색에 찌들어 버린 정신을 뜯

어고쳐 취할 수 있는 놈들은 취하려던 속셈이었다.

물론 혈랑단이 순순히 따를 거란 생각은 안 했다.

대다수가 나가떨어질 거라 여겼다.

그래도 무공을 전폐당한 놈들이 무슨 수를 쓰겠나 하는 생각에 무시를 했었던 것인데. 난리를 피우다 지나던 고수들에게 목이 떨어지지 않을까 하고 여겼었다.

그런데 아니었다.

무공을 되찾았다. 그런데 이게 조금 이상하다.

'분명 마공인 건 알겠어. 하지만 제아무리 마공이라고 해도 폐쇄된 기혈을 임의로 개방하는 것이 가능한가? 이건 마공이지만 조금 달라. 마치…….'

무성의 두 눈이 침중하게 가라앉았다.

'혼명과 비슷하잖아?'

어찌 보면 혼명이법도 마공이라 할 수 있을지 모른다.

불가사의한 성장 속도와 수많은 초능, 그리고 끝을 모르는 엄청난 깊이는 분명 마공이 아니고서야 불가능한 것이었으니.

그러나 그렇다고 혼명이법을 마공이라 여길 순 없다.

보통 비상식적인 방식을 통해 인성이 파괴되는 마공과 다르게 혼명이법은 도리어 이성을 강화하고 순수한 정기를 체내에 쌓으니.

'검귀라는 예외가 있긴 했지만……'

침중하게 가라앉은 눈동자로 상철을 내려다본다.

상철은 몸을 덜덜 떨었다. 위에서 자신을 내려다보는 두 눈은 마지막 남은 저항심마저 앗아 갔다.

시퍼런 귀화로 일렁이는 눈빛은 심장을 강하게 옥죄어 왔다. 피가 빠져나가는 것만큼이나 영혼도 머리 위로 빠져나갈 것 같았지만, 지독한 공포가 그것을 막았다.

"말해. 대체 유부도에서 무슨 일이 있었던 거냐?"

상철은 덜덜 떨기만 했다.

그러다 천천히 입을 열었다.

그날에 대해서.

낙양을 떠나기 전.

눈앞에 있는 놈, 무성은 복수하고 싶거든 요상한 무공을 익히고 돌아오라는 말을 던졌다.

이에 상철은 코웃음을 쳤다.

마두들에게는 흔히 즐기는 '유희'라는 것이 있다.

죽이려는 상대를 철저한 농락 끝에 서서히 메말라 죽이는 방식. 사람을 장난감 삼아, 보는 내내 흥분과 쾌락을 만끽하는 것이다.

무성도 그런 거라 생각했다.

이상한 희망을 던져 주어 복수를 위해 철저히 단련하게 한다. 하지만 결국 제 풀에 지쳐서 서서히 쓰러지려는 것을 구경하려는, 그런 얄팍한 수라 생각했다.

그래서 몇몇은 유부도로 움직이는 와중에 몰래 떠나기도 했다. 복수를 하겠노라 길길이 날뛰는 마구유에게서 더 이상 미래를 보지 못한 것이다. 십 년 넘게 모셨던 수장이라지만, 어차피 그들 사이에 의리 따윈 없었으니 양심의 가책을 느낄 필요가 없었다.

도리어 삶을 이따위로 만든 것에 대한 책임으로 야밤중에 모가지라도 안 딴 것을 고마워야 할 판이었다.

그렇게 유부도에 도착한 인원은 처음의 이 할.

무공을 전폐된 상태로는 아무것도 못 하기에 어쩔 수 없이 따라온 이들이 대부분이었다. 상철도 그중 한 명이었다. 곤호 심법을 익히면 무공을 되찾을 거란 믿음을 가진 자는 아무도 없었다.

그러나 마구유는 악착같이 곤호심법에 매달렸다.

한이 잔뜩 서린 눈빛으로.

그러던 중 유부도에 그가 나타났다.

"'그'?"

무성은 살짝 눈을 떴다.

이 부분이다.

가장 궁금해 했던 부분.

"소천혈검, 맞나?"

상철의 눈이 커진다. 크게 놀랐는지 숨이 잠시 턱 하고 막힐 정도였다.

"유부도에 남은 네 동료가 말해 줬다."

"한 명 더 있었어."

"누구?"

"화우만천."

"역시 그 두 사람인가?"

초왕의 인근에서 나타났다던 두 사람이 언급된다.

"대체 놈들이 왜 유부도에 나타난 거냐? 아니, 애초 유부도를 어떻게 알고 있는 거지?"

유부도는 방효거사가 특별히 소개해 준 장소다. 이곳에 대한 권한도 장사상회가 갖고 있기에 혈랑단을 숨기기에 최적의 장소였다.

그런데 소천혈검과 화우만천이 방문했다?

단순한 우연일 리는 없을 터. 사실을 알고 방문을 했다는 뜻이다.

이것이 의미하는 바는 몇 안 된다.

'거사님의 근처나 귀병가 내에 야별성의 끈이 있다.'

문제는 왜 하필 혈랑단에 눈독을 들였냐는 거다.

혈랑단의 악명이 높았다고 한들, 사실 야별성이 관심을 기울일 정도는 아니다. 귀병가 내에도 세작이 있을 거라 여기긴 힘들다. 혈랑단의 소재를 알고 있는 이는 간독과 남소유밖엔 없으니.

"그건…… 나도 몰라. 단주가 불렀다는 것밖에는……!"

"마 단주가 두 사람을?"

무성의 눈이 살짝 커지다 살짝 가라앉았다.

머릿속이 어느 정도 개운해졌다.

"마구유가 야별성 소속이었나?"

그렇다면 말이 된다.

애초 혈랑단은 북막에 기거하면서 무신련을 괴롭히던 자들. 북궁검가와는 손을 잡고 낙양에 불쑥 나타날 생각도 했었다.

그것이 애초 야별성의 계획 중 일환이었다면 그럴 듯한 소리이기는 하다.

하지만,

'뭔가 이상한데?'

야별성이 부리는 조직이었다면 무언가 비밀스러운 점이 있어야 하건만.

녀석들은 그런 것이 전혀 없었다.

그냥 쾌락을 위해 죽고 사는 하루살이들. 그 정도가 고작이었다.

"혹시 야별성에 대해서 들어봤나?"

"야별……성?"

하지만 상철은 그 이름에 대해 모르는 눈치였다. 그저 고통 가득한 눈빛과 혼란 가득한 음성만 흘릴 뿐.

"그럼 내분은? 그냥 그들을 따라갈 것이었다면 왜 다툰 거냐? 그리고 왜 이들을 급습한 것이고?"

"그건……! 퀵!"

상철은 뭔가를 말하려다가 갑자기 고통을 호소했다.

숨이 턱 하고 막힌 듯 안색이 창백해진다. 입가를 따라 피 거품이 올라왔다.

무성이 다급히 손을 쓰려 했으나, 상철은 매미 날개처럼 몸을 파르르 떨더니 곧 힘없이 툭 쓰러지고 말았다. 입가를 따라 핏물이 봇물처럼 터졌다.

자세를 낮춰 목을 짚어 보았다. 맥이 뛰지 않았다. 목숨이 다하고 만 것이다.

"금제로군. 고독(蠱毒)을 이용한 건가?"

무언가 비밀을 말하려 하면 심장에 자리 잡은 고독이 터져 즉사하고 만다. 흔히 살수 단체에서 자객들이 생포되어 심문을 당할 것을 우려해 사용하는 방식이었다.

무성은 혀를 가볍게 차며 일어났다.

중요한 부분에서 말을 멈추긴 했지만, 걱정 없었다.

"아직 입은 많으니까."

팟!

무성은 다른 자들이 있는 곳으로 몸을 던졌다.

*　　　*　　　*

쐐애액!

'뭐지?'

홍가연은 무참히 바람을 찢는 소리에 화들짝 놀라 몸을 옆으로 틀었다. 상대하던 마인들이 역습을 해 올 가능성도 컸지만, 지금 당장은 뒤쪽의 공격을 피하는 것이 급선무였다. 어쩌면 소율한이나 이학산을 상대했던 자들이 일을 끝내고 방향을 꺾어 기습을 시도하려는 것인지도 몰랐다.

다행히 그녀의 우려는 우려에 불과했다.

피하지 않았어도 상당히 떨어진 거리에서 뭔가가 번쩍거렸던 것이다.

동시에 잘게 부서지는 고양이 가면.

"뭐, 뭐야?"

무엇인지 확인할 겨를도 없이 화살 같았던 섬전은 그녀를 괴롭히기 바빴던 마인을 작살내는 것으로도 모자라, 도중에 방향을 꺾으며 다른 마인, 소 가면의 허리춤마저 가르려 했다.

그야말로 눈 깜짝할 사이에 벌어진 일!

"흡!"

소 가면 역시 크게 놀랐는지 경악을 하면서 허공에다 검막을 뿌렸다.

잿빛 안개가 말린다 싶더니 장막이 드리운다.

하지만 정체불명의 섬전은 잿빛 장막을 너무나 가볍게 박살 내 버렸다. 동시에 청강검과 소 가면의 무릎 아래를 같이 썰어 버렸다.

"으아아아악!"

피를 쏟으며 비명을 지른다. 섬전은 거기서도 그치지 않았다. 붉은 핏물이 잔뜩 진 웅덩이 위로 아슬아슬하게 스쳐 지나더니 위로 튀어 올랐다.

때마침 이학산을 좌측에서 몰아붙이던 토끼 가면의 어깨에 꽂혔다.

갑작스러운 도움에 놀란 것은 이학산도 마찬가지라, 섬전이 날아온 방향으로 재빨리 고개를 돌렸다. 홍가연의 시선도 뒤따랐다.

가장 뒤쪽.

분명 자신을 진무성이라 밝혔던 청년이 무심한 얼굴로 이쪽을 향해 검결지를 짚고 있었다.

'저 사람이 어떻게!'

홍가연의 경악은 클 수밖에 없었다.

분명 외모가 마음에 들긴 했지만, 고수로서의 위용이나 기도가 느껴지지 않아 신경도 쓰지 않았건만. 분명 방금 전까지 웃으면서 같이 저녁 식사를 하던 사람이 맞나 의심이 들 정도로 차가운 얼굴로 서 있었다.

더군다나 그들을 곤경으로 몰아넣던 마인들을 푸줏간 고기 다지듯이 헤치는 실력은 어떠한가?

이기어검!

같은 무도(武道)를 걷는 무인으로서 지고(至高)로 여기는 경지가 아닌가!

언제나 모든 것을 다 안다는 듯이 뺀질뺀질한 미소를 짓던 이학산도 전혀 생각지 못한 일인지 표정이 잔뜩 굳은 모습에 홍가연은 아주 작게나마 통쾌하기까지 했다.

어느덧 무성을 바라보는 홍가연의 눈빛은 감탄과 동경으로 젖었다.

이 사실을 아는지 모르는지 무성은 영검을 다루는 데 집중했다.

검결지를 허공에다 내그을 때마다 영검은 뱅그르르 방향을 선회했다.

방금 전 어깨를 베였던 토끼 가면은 어떻게든 영검을 튕겨 내기 위해 허공에다 족족 검을 휘둘러 댔지만, 영검은 착실하게 남은 팔도 잘라 버렸다.

그러자 정작 다급해진 것은 마지막 남은 마인, 거북이 가면이었다.

녀석은 동료들이 변변찮은 저항도 하지 못하고 연신 나가 떨어지자, 뒤를 돌아보며 주춤 물러서다가 냅다 줄행랑을 놓았다.

"저기……!"

홍가연이 도망치는 놈의 뒤를 쫓으려 했지만, 그보다 먼저 새로운 영검이 날아들면서 놈의 등짝에 꽂혔다.

거북이 가면은 달리던 그대로 땅바닥에 미끄러졌다. 녀석은 몸을 바들바들 떨더니 곧 축 늘어졌다.

홍가연은 다시 무성을 돌아본다.

그는 이번에는 왼손도 검결지를 짚고 있었다.

홍가연은 자신은 상상치도 못할 무력을 선보이는 무성에게 크게 놀라면서도, 곧 이어 떠오르는 생각으로 정신이 번뜩 깼다.

섬전. 보이지 않는 검을 자유자재로 날리는 이.

두 개의 이기어검을 부리는 모습이 마치 날갯짓을 하는 새 같으며, 날개가 펄럭일 때마다 천지사방을 피로 물들인다는 자!

근래 강호를 떠들썩하게 만든 신진고수를 왜 이제야 떠올린단 말인가!

"마라혈붕!"

홍가연이 말하기 전에 소율한이 크게 소리를 질렀다.

그 역시 무성의 도움으로 가까스로 상대하던 원숭이 가면을 제거했는지 크게 숨을 헐떡이고 있었다.

"어디서 많이 들었던 이름이라고 싶었었는데. 진 아우가 그 유명한 혈붕이었구만? 이런 곳에서 보게 될 줄은 꿈에도 몰랐으이."

소율한은 처음처럼 유들유들한 태도를 고수했다.

소림사를 쑥대밭으로 만들었다는 고수를 만나게 되면 주눅이 들 법도 한데도 개의치 않는 눈치였다.

'물에다 던져두면 입만 둥둥 떠다닐 인간이야.'

홍가연이 이맛살을 좁히는 사이, 이학산도 조용히 납검을 완료하며 무성에게 포권을 취했다.

"구명의 은, 감사드리오."

"내게 감사할 것 없소. 자세히 말하긴 힘들지만, 이번 일을 초래한 것이 나라고 해도 과언이 아니오. 인사하려면 이쪽에서 미안하다고 해야 할 것 같소."

무성은 씁쓸하게 웃으며 손사래를 쳤다.

홍가연은 그가 미친 영향들을 보고 다시 감탄했다.

'역시 대단해. 이 사람.'

하나하나가 뛰어난 고수였던 마인들. 여섯 중 둘을 제거하고 넷의 숨통을 붙였다. 그것도 아주 손쉽게.

마라혈붕의 이름값을 단순히 과장하기를 좋아하는 호사가들의 입담으로만 일축했던 스스로가 부끄러웠다.

이건 숫제 소문보다 훨씬 대단하지 않은가.

그녀는 가만히 무성을 바라보았다.

감탄과 동경, 거기에 의미 모를 감정이 하나 더 섞인 눈빛으로.

무성은 자신을 바라보는 시선이 바뀌었다는 알았지만 전혀 내색하지 않았다.

지금은 놈들을 심문하는 것이 중요했으니.

하지만 녀석들을 확인하는 순간, 그의 안색이 굳었다.

놈들이 죽어 있었다.

분명히 고독은 경기로 제거했을 텐데?

안색이 창백한 것이 독에 중독된 환자 같았다.

"누구냐!"

무성은 실내를 타고 흐르는 희미한 분말을 읽고 허공에다 손을 털었다.

펑!

실내에 막대한 기류가 감돌더니 곧 무성 등을 덮치던 가루를 모두 역방향으로 날려 버렸다.

"후후후! 과연 마라혈붕. 감각 하나는 대단하군."

살짝 열린 정문 앞으로 뿌연 안개가 짙게 깔린다.

상철을 비롯해 숨통을 겨우 붙여뒀던 다른 혈랑단원들의 목숨까지 앗아간 독분(毒粉) 사이로 여유롭게 걸어 나오는 중년인이 있었다.

멋들어진 모습을 하고서 허리춤에는 서로 다른 크기의 주머니가 열매처럼 주렁주렁 달고 있는 이.

무성은 상대를 처음 대면하는 것이나, 특이한 행색을 통해 정체를 깨달을 수 있었다.

"화우만천?"

화우만천 황충(黃充).

그가 입을 열었다.

"맞네. 그게 나일세. 자네가 그토록 나를 찾았다지?"

그의 등장에 다른 이들이 놀랐다.

"모두 뒤로 물러서!"

소율한의 거친 외침과 함께 홍가연과 이학산은 바닥을 발로 밀어 몸을 뒤로 물렸다.

동시에 들고 있던 무기를 횡대로 크게 휘저었다.

횡!

강풍이 불면서 엄습하던 독분을 모두 물리쳤다.

독의 위험에서 벗어났지만 경계는 절대 잃지 않았다.

강호로 하여금 화우만천을 두렵게 만든 것은 독이 아니다. 혼란스러운 상황에서 어둠을 뚫고 유령처럼 다가와 목숨을 앗아가는 암수(暗手)에 있다.

하물며 강남을 종횡무진 누비면서 아미와 청성의 명성을 눌러버린 자임에야!

홍가연은 이를 악물었다. 복마창을 똑바로 세워 화우만천의 일거수일투족을 살핀다. 늘 여유롭던 이학산도 진지했다.

독존이 휘하에 둔 서른세 명의 제자 중 두 번째였으나, 사부와 사문이 싫다며 위에 하나 있는 대사형을 죽이고 나와 버린 패륜아.

세상에서 그 무엇보다 사문의 정(情)을 가장 중요시하는 아미와 청성으로서는 절대 용서할 수 없는 가치관을 지닌 존재다.

하물며 적으로 만난 상대라면 두 말할 나위도 없다.

소율한도 다르지 않았다. 아니, 그는 가장 큰 투기를 뿌렸다. 마치 화우만천에게 아주 큰 증오심을 가지고 있는 것처럼. 하지만 화우만천의 시선은 그들이 아닌 무성에게 향해 있었다.

무성이 입을 열었다.

"소천혈검은 어디 있지?"

"없다."

"뭐?"

"나도 녀석을 찾는 중이라서 말이지."

"……?"

무성의 안색이 살짝 굳어졌다.

이게 무슨 소릴까? 화우만천은 소천혈검과 같이 있는 게 아니었나?

"말 그대로네. 사실 나도 소천혈검을 찾으러 왔다네. 그런데 여기에도……."

화우만천은 무성을 가만히 보더니 다른 쪽으로 시선을 돌렸다.

홍가연과 이학산은 그와 눈이 마주칠 때마다 자신도 모르게 몸을 움찔 떨었다. 웃고 있는 낯짝 너머로 음험한 무언가가 도사리고 있었다. 소율한은 여전히 이유 모르게 화를 참는 중이었다.

"없군."

무성은 짜증이 치밀었다.

"어떻게 된 건지 제대로 설명해."

처음에는 동물 가면을 쓴 자객의 목표를 홍가연과 이학산이라고 생각했다.

그런데 지금 보니 꼭 그런 것도 아닌 듯하다.

화우만천의 태도로 보아서는 소천혈검을 찾는다는 말이 절대 거짓말로 보이지 않는다. 그가 무성 앞에서 그런 거짓말을 할 필요도 없을뿐더러 이유도 없으니.

그렇다면 뭔가?

소천혈검과 화우만천 사이에는 무슨 일이 있었고, 홍가연 등은 왜 거기에 휘말려야 했나?

잔뜩 의문을 담은 시선을 보낸다.

하지만,

"내가 그걸 왜 대답해 줘야 하지?"

화우만천은 팔짱을 끼더니 코웃음을 쳤다.

"나는 네놈들을 죽이러 온 거지, 친절하게 설명을 해 주러 온 게 아니야. 특히 너, 마라혈붕. 비록 소천혈검이 이 자리에 없는 게 아쉽지만, 먼저 죽어 줘야겠다."

화우만천은 차갑게 웃더니 갑자기 몸을 뒤로 물렸다.

쉬식!

무성은 녀석을 놓칠세라, 땅을 강하게 박찼다.

"누구 마음대로 가려 하느냐!"

"누구 마음대로긴. 내 마음대로지."

화우만천은 주머니에서 독낭을 하나 풀어 땅바닥에 터뜨렸다.

콰콰쾅!

객잔 일대로 엄청난 양의 폭발이 거듭되면서 객잔이 그대로 내려앉았다.

쿠쿠쿠쿠!

객잔이 내려앉는다.

그 위로 거친 화마가 피어오르면서 세상 모든 것들을 닥치는 대로 집어삼켰다.

인근을 지나던 사람들은 무시무시한 화마를 피해 줄행랑을 놓았다. 신기하게도 화염은 옆 건물로 옮겨 붙지 않았다. 객잔만 탐스럽게 먹어치웠다.

화우만천은 널찍이 떨어진 장소에서 팔짱을 낀 채로 그 광경을 지켜보았다.

"흥! 제깟 놈이 제아무리 날뛰어 봤자 살아날 수가 없을 테지."

진천뢰(震天雷)라는 폭약이 있다.

단순히 터뜨리는 것만으로도 사방 오 장 안에 있는 것들을 초토화시킬 정도로 대단한 화력을 자랑한다.

하지만 단순히 폭약에만 의존할 수는 없는 법.

상대는 야별성이 지난 수십 년간 강호를 떠돌며 겨우겨우 포섭한 천강백규(天罡百奎) 중 넷을 죽이고, 하늘 같은 제세칠성(制世七星)과도 어느 정도 평수를 이룬 자다.

그런 작자를 어떻게 감당할 수 있을까!

비록 탐랑, 무곡과의 전투는 공방을 몇 번 주고받은 것이 고작이라지만, 그것만 해도 마라혈붕이 야별성의 주적이 되는 데는 전혀 이견이 없었다.

"폭호대(爆虎隊)!"

슉!

뒤쪽으로 일백 명의 무사들이 등장했다.

하나같이 불꽃만큼이나 붉은 무복을 입고 있었다.

귀곡산장과 마찬가지로 야별성을 이루는 일곱 개의 집단, 성라칠문(星羅七門) 중 하나인 벽력보(霹靂堡)에서 직접 선별한 자들이다.

"화탄을 있는 대로 투하하라."

"존명!"

폭호대는 우렁찬 외침과 함께 두 줄로 나뉘어, 허물어지는 객잔 쪽으로 달렸다.

좌우로 갈라지는 그들은 큰 원을 그리면서 원래의 자리로 돌아오는데, 한 사람씩 객잔 앞을 지날 때마다 품속에 있던 화탄을 있는 힘껏 던졌다.

쾅! 쾅! 쾅!

일정한 규칙을 두고 떨어지는 화탄 때문에 화마는 자꾸만 커져갔다.

화탄이 떨어진 자리에는 건물이 그대로 박살이 났다. 원형체를 유지하는 게 신기할 정도였다.

그런데도 화우만천은 정지를 명령하지 않았다. 객잔의 남은 건물마저도 아예 가루로 만들어 버리겠다는 듯.

"이만하면 되지 않겠습니까?"

폭호대주가 조심스레 물었지만, 화우만천은 단호하게 고개를 저었다.

"아니. 아직 멀었다. 갖고 온 화탄을 전부 던져."

"이미 놈들은 시신도 남지 않았을 겁니다."

"아직도 모르겠나?"

화우만천은 귀찮다는 듯이 인상을 찡그리며 폭호대주를 노려보았다.

폭호대주는 엄습하는 오한에 흠칫 물러섰다.

"무, 무슨 말씀이신지?"

"나는 마라혈붕, 그 작자의 흔적조차 남지 않게 만들려는 것이다. 혹시 저 불길을 가르고 나타날지도 모르는 만약의 사태조차도 지우기 위해서!"

폭호대주는 잠시간 화우만천의 눈가에서 불길한 그림자를 읽었다.

그것은 염려였다.

사부인 독존을 배신하고 야별성에 투신하면서도 위풍당당했던 그가 한 번도 보이지 않았던 모습이다.

"유부도에서 있었던 일을 기억하느냐?"

"예. 기억합니다."

"그때 마구유, 그놈이 뭐라고 말했었지?"

"'놈이 와도 난 몰라'라고 했었지요."

"그래. 우리는 당시에 발악이라 여겼었지. 하지만 말이다. 소천혈검, 그놈이 갑자기 십여 년간 숨겨 뒀던 흉악한 속내를 드러낸 게 바로 그 때문이란 생각은 해 보지 않았느냐?"

"아!"

"놈은 아주 치밀하다. 아마 지금쯤 어떤 방책도 마련해 뒀을 테지. 그렇다면 마라혈붕과 접촉하는 것부터 차단해야 한다."

그래서 진행하게 된 것이 바로 이번 천라지망(天羅地網)이다. 각지 고수들이 초왕부의 거창한 연회에 맞춰서 장사로 몰려온다. 그들은 장사로 이어지는 각 주요 길목에다 자객들을 배치해 뒀다. 혈랑대를 비롯해 야별성에서 필요에 의해 포섭해

됐던 피라미들이다.

피라미들이 고수들을 당해 낼 수는 없을 테지만, 각 집단의 정체를 파악하기엔 충분하다.

그럼 인근에서 관찰하던 폭호대원이 신호를 보낸다.

무리에 소천혈검과 마라혈붕이 섞여 있는지 않은지를.

놈들을 솎아 내기 위한 그물인 셈이다.

"알겠나? 놈은 짐도 많으면서 도저히 모습을 비추지 않을 정도로 아주 주도면밀하다. 절대 마라혈붕과 만나게 해서는 안 돼."

화우만천은 다시 전각 쪽으로 시선을 돌렸다.

타오르는 화염이 그의 얼굴을 비쳤다.

"이곳은 놈의 무덤이 되어야 한다."

콰콰쾅!

말이 끝나기 무섭게 드디어 건물의 마지막 잔해가 붕괴되기 시작했다.

第二章

마병(魔兵)

"괘, 괜찮아요?"

홍가연이 다급한 어조로 무성을 불렀다.

자꾸만 명멸을 거듭하는 불길. 그리고 폭발.

쾅, 쾅, 계속 화마가 해일처럼 엄습해 온다.

한 발자국만 밖으로 나서도 시체조차 온전히 남기지 못하고 잿더미가 될 것 같은 열화지옥.

그 속에서 소율한 등을 구해 준 이는 무성이 전개한 반구 모양의 투명한 막(膜)이었다.

마치 매미 날개처럼 아주 얇은 이 막이 어떻게 화염과 폭풍을 막아 낼 수 있는지는 불가사의하다. 그래도 덕분에 목숨을 구했으니 놀랄 수밖에 없다.

무성은 붉은 불빛을 등에 업고 있다.

그 모습이 마치 신화에서나 나올 법한 신인(神人) 같은 풍모를 자랑한다.

무성을 바로 코앞에서 마주한 홍가연은 얼굴이 저절로 붉어졌다. 다행히 화마가 드리운 붉은 그림자 덕분에 붉어진 볼을 겨우 숨길 수 있었지만, 콩닥거리는 심장을 들킬까 싶어 조마조마했다.

"나는 괜찮소. 다른 분들은?"

무성은 왼손으로 영주를 계속 뿌려 대면서 홍가연 등의 안위를 살폈다.

모두 얼떨떨한 표정으로 고개를 끄덕였다.

"어디 우리가 중요한가? 괜찮으니 걱정 마시게."

소율한의 대답에 무성은 다행이라는 듯이 고개를 끄덕였다.

"다행이오. 다만, 상황은 좋지 않소. 어떻게 타개해야 할지가 관건인데."

무성은 소율한 등에게서 시선을 거둬 뒤쪽을 보았다.

이들을 데리고 어떻게 탈출을 시도할지 고민한다.

홍가연은 거기서 또 한 번 탄복했다.

'이 사람, 짐짝밖에 안 되는 우리를 진심으로 구하려 하고

있어!'

무성이 그냥 자신들을 여기다 버린다고 해도 할 말은 없다. 그들과 무성의 관계는 그냥 옷깃이 스친 인연, 그 이상도 그 이하도 아니었으니.

그런데도 어째서 이렇게 적극적으로 도와주려 하는지.

그 마음 씀씀이가 고맙기만 하다.

'협(俠)!'

문득 오늘날 이 강호에서 사라졌다던 단어가 머릿속으로 떠오른다.

뒤이어 생각난다.

화우만천이 진천뢰를 바닥에다 떨어뜨려 정신이 한창 없을 무렵. 갑자기 날아들었던 한 줄기 전음이.

『모두 뒷문으로 모여!』

공력 조절이 제대로 되지 않았는지 귀청이 떨어져 나갈 정도로 아팠지만, 홍가연은 즉각 반응해서 뒷문으로 몸을 날렸다. 다행히 전음은 이학산과 소율한에게도 무사히 전해져 모두 한 자리에 모일 수 있었다.

하지만 이곳도 위험하긴 마찬가지다.

계속되는 폭발에서 건물이 금방이라도 내려앉을 것처럼 위태롭다.

다섯 개의 큰 기둥 중 네 개가 이미 무너졌다. 남은 하나마

저도 중앙에 금이 가기 시작했다.

"어쩔 수 없군."

무성 역시 위험을 깨닫고 눈을 가느다랗게 좁혔다. 그는 홍가연 등을 돌아보았다.

"지금부터 신호를 셀 거요. 셋을 외치면 바로 전력을 다해 앞으로 몸을 던지시오."

"뒤가 아니라 앞을?"

소율한이 조심스레 묻는다.

그럴 수밖에 없다.

앞은 폭호대가 던지는 화탄으로 인해 화마가 계속 기승을 부리고 있으니. 자살로밖에는 보이지 않을 것이다.

하지만 무성은 단호하게 고개를 끄덕였다.

"부담스럽다는 걸 아오. 확실히 내가 봐도 위험한 행동이니. 하지만 뒷문으로 달아나는 건 더 위험하오. 이런 함정을 만든 녀석들이 퇴각로를 가만히 놔두었을까?"

"······하긴 그도 그렇군."

소율한은 눈살을 살짝 찌푸렸다.

폭호대 말고 또 다른 녀석들이 없으리란 법은 없다.

"그래서 정면 돌파밖에는 답이 없다는 건가요?"

홍가연이 조심스레 묻자, 무성이 답했다.

"신호를 세고 나면 곧장 있는 힘껏 격공장을 날릴 거요. 그럼 불길이 잠시 사그라질 테니 그때 탈출하시오."

이렇다 할 다른 방법이 없으니 홍가연 등은 무겁게 고개를 끄덕여야 했다.

"하나."

신호가 시작되었다.

홍가연은 복마창을 있는 힘껏 쥐었다.

'사부, 여길 무사히 빠져나갈 수 있도록 도와주세요.'

작년 이맘 때 타계하신 스승을 떠올린다.

"둘."

이학산은 우측에, 소율한은 좌측에 자리를 잡았다.

탈출할 때 같이 한 곳에 붙어 있으면 집중적으로 타격을 받을 수 있다. 그러니 뛰쳐나가면 곧장 흩어지려는 것이다.

"셋!"

신호가 끝나자, 무성은 순간 영막을 거두고 오른손을 허공에다 뿌렸다.

콰콰쾅!

엄청난 양의 공력이 있는 힘껏 실린다. 격공장이 화마를 밀어버렸다.

땅이 흔들린다. 대기가 떨어져 나갈 듯이 떨린다. 충격파는 단숨에 화마 사이를 관통, 아주 잠깐 사이에 정문까지 이어지는 길목을 내놓았다.

때마침 겨우겨우 지붕을 떠받치고 있던 마지막 기둥이 우지
끈 부러졌다.

건물이 아래로 붕괴되기 시작한 것과 세 사람이 달리기 시
작한 것은 동시였다.

쾅! 쾅! 쾅!

세 사람은 공력을 있는 힘껏 용천혈로 끌어내려 전력을 다
해 정문 쪽으로 뛰었다. 이가 으스러져라 악물었다. 복마창이
부르르 떨릴 정도였다.

정문을 넘기 전, 홍가연은 아주 잠깐 뒤쪽을 보았다.

'없어?'

이상하게도 무성이 어디에도 보이지 않았다.

                    *   *   *

우르르!

화우만천은 쓰러지는 객잔을 흐뭇하게 보았다.

퇴각로에 숨겨두었던 이들에게서는 무성 등이 탈출했다는
말을 듣지 못했다.

제아무리 마라혈붕이라 해도 살아남지 못하리라.

"보았느냐, 폭호대주? 우리가 잡은 거다. 마라혈붕을 말이
다. 하하핫!"

호탕하게 웃음을 터뜨리는데 뭔가 좀 이상했다.

"왜 대답이 없느냐?"

화우만천이 눈살을 살짝 좁히며 고개를 뒤쪽으로 돌리려는 찰나,

'위험!'

불안한 기분이 들어 재빨리 독낭 하나를 떨어뜨렸다.

펑!

가벼운 폭발과 함께 분진이 흩어진다.

동시에 화우만천은 최대한 힘껏 몸을 물렸다.

쐐애—액!

갈소분(渴素粉)이 만들어 낸 자욱한 안개에다 구멍을 뚫고 무언가가 쏜살같이 튀어나온다.

오른손에 영검을 쥔 무성은 진천뢰가 쏟아낸 불길만큼이나 거친 귀화를 토해 내고 있었다.

'진천뢰도, 갈소분도 안 통하다니! 저게 진짜 인간이란 말이냐!'

만독부가 자랑하는 진천뢰의 화마는 어떻게 재주껏 피할 수 있다 치자.

하지만 갈소분은?

닿는 것만으로도 수분을 모조리 빼앗아가는 갈소분은 적아를 가리지 않는 맹독이다.

한 번 달라붙으면 절대 떨어지지 않는다. 물로 씻어도 씻기지 않는다. 도리어 좋다고 더 많은 수분만 빨아들인다. 그러다 마지막엔 목내이(木乃伊, 미라) 신세를 면치 못한다.

백독불침? 피독주?

역시나 무소용이다.

갈소분은 독이되 독이 아니다. 수분을 빼앗기 때문에 독에 특화된 백독불침은 절대 갈소분에 대한 내성을 보이지 못한다. 피독주도 마찬가지다.

그런데도 무성은 전혀 아무렇지 않아 보인다.

아니, 도리어 분노를 장작 삼아 더 빨리 화우만천과의 간격을 좁혀온다.

그뿐만이 아니다.

"개새끼! 감히 내 얼굴에 재를 묻혀? 어디 이 비구니의 창 맛 좀 봐라!"

"이럴 줄 알았으면 청성에나 있을 걸 그랬나?"

"으아! 죽다가 살아났네!"

저 멀리 무성과 마찬가지로 같이 세상에서 지워졌을 거라 여겼던 자들이 살아 있었다.

그것도 생생하게 폭호대를 몰아붙이면서!

폭호대는 화탄을 다루는 솜씨 말고는 이렇다 할 절기가 없다. 아미와 청성이 자랑하고, 낭인 중에서도 제법 명망 있는 고수들을 당해 낼 재간이 없었다.

어떤 방식으로 살아남았는지는 몰라도 일이 이렇게 된 이상 그들의 필패였다.

'젠장! 지금 쓰려고 한 건 아니지만……!'

화우만천은 이를 악물고 왼쪽 소매로 손을 넣어 새로운 주머니를 꺼내 허공에다 던졌다.

훗날에 사부 독존을 만나게 되면 그를 꺾기 위해 마련했던 힘.

귀왕령(鬼王靈)!

둥그스름한 암기가 허공을 가득 메운다.

무성은 달리던 그대로 허공에다 영검을 휘저었다.

따다당!

넓게 퍼진 원반에 귀왕령이 모조리 튕겨 나간다. 얼마나 빠른지 사각지대로 교묘하게 파고 든 귀왕령도 반으로 잘려 바닥에 투두둑 떨어졌다.

그나마 마지막으로 마련했던 공격이 무효로 돌아갔는데도 불구하고 화우만천의 입가엔 미소가 맺혔다.

바로 그 순간, 갑자기 연쇄 폭발이 일어났다.

퍼퍼퍼펑!

하나하나가 폭호대가 뿌렸던 화탄에 비해도 절대 모자라지 않다. 폭발과 함께 일어나는 열풍과 화기는 상대를 찢어발기기에 충분한 위력이었다.

진천뢰에 버금가는 위력이 무성을 고스란히 뒤덮는다.

"크하하핫!"

화우만천은 도망치던 걸음을 멈추고 크게 웃음을 터뜨렸다.

기분이 좋았다.

비록 숨겨 뒀던 패를 꺼낸 꼴이 되었지만, 마라혈붕을 데려간 것이라면 충분한 값이라 여겼다.

귀왕령은 단순한 암기가 아니다. 둥그런 형태 속에 아주 질좋은 화약이 심어져 있다. 강한 충격이 있을 시에 바로 그 자리에서 폭발하기 때문에 화우만천도 관리할 때에 주의를 기울인다.

하지만 그것만으로는 독존을 잡을 수 없는 법.

그래서 화우만천은 한 가지 궁여지책을 더 내놓았다.

바로 분진 폭발이었다.

화우만천이 사용하는 독은 액(液)이 아닌 분(粉). 허공에다 가루를 뿌려 목표를 독살시킨다.

반대로 말하자면 목표를 뿌연 가루 더미에 가둬 놓고 폭발을 부릴 수도 있단 뜻. 허공에 터진 밀가루조차도 단순한 정전기에 큰 폭발을 일으킨다.

하물며 귀왕령을 동원한다면 어떨까!

무성은 갈소분의 덫에 갓 발을 들이던 찰나였다. 거기에 귀왕령이 터졌으니 폭발은 두 말할 나위가 없다.

"떨어져 나간 팔이라도 있으면 좋겠는데. 하여간 늙은이들은 증거가 없으면 도무지 믿질 못하니!"

화우만천은 폭발이 진정되길 기다렸다가 서서히 잠잠해지자 걸음을 옮겼다. 여전히 공중에 떠다니는 가루 사이로 자그마한 불꽃이 튀고 있었다.

허공에다 손을 가볍게 휘젓자 강풍이 불었다. 가루가 씻기면서 불꽃도 사그라졌다.

무성이 있던 자리에는 짙은 구덩이와 탄 자국만 남았다. 녀석이 있었다고 할 만한 증거가 없었다. 시신까지 모조리 날아간 모양이었다.

남은 거라고는 폭호대주의 것으로 보이는 손과 검게 그을린 검자루 뿐.

어떻게 해야 하나 눈살을 살짝 찌푸리며 남은 흔적이라도 뒤지려던 그때였다.

퍽!

"컥!"

허공으로 오른쪽 팔이 튀어 오른다.

그 아래로 귀화를 태우는 무성이 보였다.

'어떻게……!'

의문을 드러낼 시간은 없었다.

본능적으로 몸을 피해서 운 좋게 팔 하나로 끝냈다. 무성의 공격은 쉬지 않고 이어졌다.

쉭! 쉭!

영검이 공간을 꿰뚫는다.

목표는 왼쪽 어깨와 손목.

암기를 아예 쓸 수 없게 양팔을 잘라 내려는 속셈인 것이다.

"젠장!"

화우만천은 남은 암기를 몽땅 뿌렸다.

귀왕령보다는 기능이 떨어지지만, 그가 평소 즐겨 사용하는 암혼살(暗魂殺)이었다. 끝이 울퉁불퉁해서 꽂히면 살점이 바로 떨어져 나가는 흉악한 암기였다.

따다다당!

하지만 허공에 펼쳐진 영막은 이번에도 너무 쉽게 암혼살을 모조리 튕겨 냈다.

그러나 화우만천이 발을 놀려 뒤로 빠질 시간을 벌기에 충분했다.

무성이 다시 녀석을 쫓으려는 찰나, 갑자기 새로운 그림자가 빈자리를 채웠다.

휙!

공간을 찢으며 갑작스레 튀어나온다. 살수였다.

무성은 검면을 세워 목을 갈라오는 비수를 옆으로 흘렸다.

그사이 살수는 바짝 간격을 좁히더니 왼손에 잡은 비수로 허리춤을 찔렀다.

그야말로 쾌속무비의 신법!

휘리릭!

무성은 몸을 좌측으로 거세게 돌면서 다시 한 번 공격을 흘렸다. 동시에 안쪽으로 파고 들면서 영검을 횡대로 휘둘렀다. 단숨에 살수의 허리춤이 잘려 나갈 것 같았다.

하지만 그 전에 이미 살수는 퇴보를 밟더니 공간 속으로 쏙 하고 사라졌다.

바로 그 순간,

쉭! 쉭!

무성의 뒤쪽으로 두 개의 그림자가 더 나타났다.

각각 서로 다른 모양의 창을 갖고 있었다.

우측은 뾰족한 창날 옆에 초승달 모양의 칼날이 걸린 극(戟)을, 좌측은 창날이 꼬불꼬불한 모(矛)를 들고 있었다.

아예 무성을 옴짝달싹하지 못하게 만들려는 것인지 극은 허리춤을 베어 오고, 모는 미간을 찔러 왔다.

무성은 재빨리 비어 있던 좌수로 영검을 뽑아 극을 막아 내고, 다시 한 번 몸을 반대로 돌리면서 우수의 영검으로 극을 비켜 냈다.

따당! 땅!

그야말로 한순간에 벌어진 연속된 동작.

단 한 치의 흐트러짐도 없이 물 흐르듯이 벌어지는 모습은 그야말로 예술에 가까웠다.

하지만 막아 내기에 급급해 실린 힘은 너무 적었다.

연수합격이 물 흐르듯 이어졌다.

극이 급격하게 방향을 꺾는다 싶더니 광풍처럼 휘몰아쳤다. 휭, 휭, 바람 소리가 급격하게 커질 때마다 맞대응하는 영검은 쿵, 쿵, 커다란 충격파와 함께 밀려났다.

극의 주인은 장사(壯士)였다.

그야말로 타고났다고 할 수밖에 없을 정도로 무지막지한 신력(神力)이 무성을 궁지로 몰아넣었다.

무성 역시 탈각까지 이루면서 영호휘에 견줄 만한 신력을 자랑했지만, 이자에는 훨씬 못 미칠 정도였다.

떡 벌어진 어깨에 수염을 자글자글하게 기른 그는 거친 노호성과 함께 극을 아래에서 위로 일으켰다.

마치 용이 하늘로 승천하려는 것처럼!

"으랏차차차!"

콰콰쾅!

땅거죽이 크게 일어나면서 광풍이 불어 닥친다.

억천마력(抑天魔力)!

하늘을 짓누르는 마의 힘!

무성은 망망대해에 표류하는 쪽배처럼 금방이라도 엎어질
것처럼 위태로웠다.

그는 두 영검을 교차하며 방어를 시도했다. 영검을 이루던
영주가 실타래처럼 풀리면서 사방팔방으로 뿌려져 영막을 형
성했다. 아니, 하려 했다.

콰쾅!

갑자기 한 줄기 섬광이 날아들었다.

섬광은 영막을 두들기고, 부수며, 무성의 왼쪽 어깨에 틀어
박혔다.

퍽!

진천뢰마저도 막아 낸 단단한 영막을 뚫리고 말았다.

무성이 믿기지 않는 눈이 되어 왼쪽 팔을 보았다.

'어떻게……!'

기다란 창대가 절반이나 꿰뚫린 채로 덜렁거린다.

모다.

삼국지연의에서 장비가 썼다는 장팔사모(丈八蛇矛).

"이제야 쥐새끼 같이 활개 치는 것을 잡을 수 있게 되었군."

모의 주인이 웃는다.

호리호리한 체구에 보통 사람보다 머리 하나는 더 큰 자는

팔짱을 낀 채로 차갑게 웃음을 지었다. 땅을 딛고 있는 발치에서는 검은 마기가 촉수처럼 일렁거렸다.

와장창!

유리가 깨지듯이 영막이 부서져 나간다.

무성을 옥죄던 광풍이 다시금 엄습해오며 난도질을 시작한다. 공간 속으로 사라졌던 살수가 다시 나타나 공격을 재개했다.

쿠쿠쿠!

사방으로 마기가 휘몰아쳤다.

따다당!

무성은 사혈을 노리고 드는 공격을 영검으로 모조리 튕겨내면서도 발을 쉴 새 없이 놀렸다.

지금은 피하기에 급급했다.

'왼팔이 움직이질 않아.'

팔에 힘을 주어도 힘이 실리지 않는다. 마치 떨어져 나간 것처럼 덜렁거리기만 한다. 어깨에 꽂힌 장팔사모에서 흘러드는 마기가 공력의 순환을 방해했다.

수많은 전투를 치러 왔지만 마인과의 싸움은 전무했던 터라, 어찌 극복을 해야 할지가 막막했다.

가면인과 싸웠다지만, 그들의 조악한 성취와 이들을 비교할 수는 없었다.

이들은 제대로 된 마공을 익힌 진짜 마인들이었다!

무성은 영검에서 손을 놓고 검결지를 짚어 허공에다 휘둘렀다.

이기어검의 수법으로 날아든 영검은 단숨에 큰 궤적을 그리며 광풍을 모조리 분쇄하고, 사각지대로 파고들던 살수의 공격도 막아 냈다.

쾌쾅!

결국 두 사람은 이기어검을 피해 널찍이 몸을 물려야만 했다.

"쳇! 팔을 덜렁덜렁 대면서 참 잘도 피해가는군!"

"마라혈붕이니까."

바닥에 착지한 극의 주인은 얼굴을 일그러뜨렸다. 반면에 옆에 선 살수는 차갑게 대꾸했다.

"너무 늦은 것 아니오?"

그 사이 사라졌던 화우만천이 돌아왔다. 오른쪽 어깨에서는 더 이상 피가 나지 않았다. 하지만 고통은 어쩔 수 없어서 얼굴이 참담하게 일그러져 있었다.

"퇴각로에서 대기하느라 이쪽은 신경 쓰지도 못했지. 나타나지도 않더만. 그런데 그게 무슨 꼴인가?"

"그렇게 되었소."

"조심하지 그랬나. 쯧!"

극의 주인이 가볍게 혀를 찼다.

"괜찮소. 저놈 역시 이제 나와 같은 꼴이 될 테니."

화우만천은 살기가 일렁이는 두 눈으로 무성을 있는 힘껏 노려보았다. 입꼬리가 살짝 비틀렸다.

확실히 무성의 상태는 좋지 않았다.

"후우…… 후우……!"

거칠게 숨을 몰아 내쉰다.

광풍에 의해 갈가리 찢긴 옷깃 사이로 베인 상처에서는 핏물이 계속 쏟아졌다. 그리 좋은 상태라고 할 수 없었다.

두 눈으로 녀석들을 경계하면서도, 몸 상태를 쉴 새 없이 확인한다.

단전과 기맥이 끊어질 것처럼 아프다.

체내로 졸졸 흐르는 이물질. 마기다.

본디 마기는 역천(逆天)의 힘. 반대로 금구환의 신기는 순천(順天)을 따르니 반발이 일어날 수밖에 없다. 그 충돌은 고스란히 내상으로 이어진다.

원인은 바로 이거다.

어깨에 박힌 장팔사모.

이건 단순한 무기가 아니다.

마령(魔靈)이 깃든 마병(魔兵)이다.

'뽑아야 해.'

무성은 이를 악물며 오른손으로 창대를 잡았다.

웅, 웅—!

"크윽!"

순간, 장팔사모가 무성의 손길을 뿌리치려는 듯이 길게 울음을 터뜨렸다. 동시에 막대한 마기가 더 쏟아지면서 왼팔이 떨어져 나갈 것 같은 통증을 안겼다.

그래도 무성은 버텼다. 최대한 공력을 상처 쪽으로 밀어 넣으면서 강제로 장팔사모를 뽑았다.

땡그랑!

겨우 뽑아내는 데 성공했지만, 녀석이 남긴 마기의 잔재는 막대했다.

운기행공으로 미리 배출시키지 않으면 두고두고 방해가 될 테지만, 지금은 전혀 그럴 겨를이 없었다. 결국 마기는 마치 혈관 속을 떠돌아다니는 돌처럼 저들끼리 단단히 뭉쳐 기맥에 틀어박혔다.

"이런. 자신의 물건이 아니라고 그렇게 함부로 대해서야 어디 쓰나?"

질책을 하는 말투다. 하지만 그 속에는 웃음기가 다분히 섞여 있었다.

장팔사모가 허공에 두둥실 떠오르더니 쏜살같이 한쪽으로

날아들었다. 착, 하고 감기는 소리와 함께 장팔사모는 다시 본래 주인의 손길로 돌아갔다.

무성은 공력으로 마정(魔精)이 기승을 부릴 수 없게 꽁꽁 누르면서 적들을 노려보았다. 도무지 이해할 수 없는 의문을 담아서.

"구천마종도 야별성의 가지에 불과했나?"

이만한 짙은 마기를 뿜어낼 줄 아는 자들은 중원에서 찾아볼 수가 없다. 더구나 이들이 사용하는 말투도 서북쪽 사투리에 가깝다.

당연히 정체를 추론하는 것은 어렵지 않다.

"몰랐었나?"

당연하지 않느냐는 투로 장팔사모의 주인이 차갑게 웃었다.

"우리들은 저 가증스러운 무신을 피해 새외로 달아난 이들의 후예. 당연히 야별성을 이루는 일곱 개의 별 중에 하나가 되는 것도 이상하지 않은 일이잖은가."

"확실히 그도 그렇군."

무성도 그렇지 않을까 하는 생각은 했었다.

하지만 초왕부로 가는 길목에서 마주칠 줄은 꿈에도 생각지 못했다.

'멍청하게 저들의 낚시질에 말려든 거야.'

구천마종은 미리 초왕부에 거처를 마련하고 연회를 열어 무성이 다가오게끔 꼬드겼다. 더불어 혈랑단과의 관계를 이용, 이를 미끼로 사용해 덫으로 끌어들였다. 거기에 양념으로 화우만천과 소천혈검을 사용했다.

지금 생각해 보면 아주 단순한 일들의 연속이었지만, 무성으로서는 걸려들 수밖에 없었다.

"이 일은 우리 구천마종이 수십 년 만에 중원으로 돌아왔음을 알리는 첫 시발탄이 될 것인바. 우리는 그대, 마라혈붕의 목을 잘라 무신에게로 보낼 것이다."

녀석들은 무신련에게 선전포고를 날리려 하고 있었다.

"이것은 나, 구천마종을 이루는 아홉 종주들 중 한 사람이자, 천살맥(天殺脈)의 주인인 대천마왕(代天魔王)의 뜻이노라."

대천마왕. 하늘을 대신하는 마인이라?

구천마종에는 모두 아홉 개의 지류가 있고, 각 지류에는 그들을 상징하는 마왕(魔王)이 있다고 했다.

이자가 바로 그중 한 사람이리라.

"천살맥이라면, 백운총(白雲塚)의 후예들인가?"

대천마왕의 입가에 웃음꽃이 폈다.

"호오? 우리를 알고 있나?"

"무신이 처음 강호에 나타나 무신행을 벌이면서 부딪친 당대 최고의 살수 집단이라 들었어."

"맞다. 우리가 바로 그들의 후예니라."

백운총은 만야월이 있기 훨씬 전에 최고의 살수 집단이었다.

하지만 그들이 벌이는 살행이 너무 지독해 삼십 년 전에 무신이 직접 징벌에 나섰다.

운 좋게 몇몇이 살아남아 새외로 달아나는 데 성공했다는 소문이 있었다. 그들이 구천마종의 한 지파를 일군 모양이었다.

"우리를 알고 있다면 이만 죽어도 여한이 없을 테지? 아이들아, 이제 긴 잠에서 깨어나 저자의 목을 내게 가져오너라."

"그 말씀만을 기다렸사옵니다."

"그 말씀만을 기다렸사옵니다."

음산한 목소리가 퍼지며 곳곳에서 공간이 열린다.

누군가는 건물의 지붕 위에서, 또 누군가는 땅 밑에서 불쑥 솟아올라왔다. 아무것도 없는 허공에서 갑자기 나타난 이도 있었으며, 하늘에서 툭 떨어진 자도 있었다.

그들은 차례대로 줄을 섰다.

극의 주인이 앞에 서고, 살수가 그 옆에 선다. 무성의 둘레를 따라 공간을 열고 나타나는 마인들은 하나하나가 그들에 못지않은 마기를 지니고 있었다.

두건으로 두 눈을 가린 자, 혀를 축 늘여 칼을 핥는 자, 키가 난쟁이처럼 작은 자, 늙은 노인, 걷는 것조차 버거워 보일 정도로 뚱뚱한 여인, 머리가 새하얀 청년, 이민족인지 변발을 한 중년인까지.

생김새만큼이나 지니고 있는 무기도 다양했다. 대부분이 중원에서 잘 쓰이지 않는 기병(奇兵)이었다.

초절정고수가 열 명.

당금 무신련과 쌍존맹을 제외하면 이만한 전력을 지닌 곳이 대체 어디에 있을까?

'일개 지류가 이만한 전력이라면…… 구천마종 전체의 힘은 대체 얼마나 된다는 거지?'

자신을 둘러싼 아홉 명. 이들이야말로 대천마왕의 심복, 구망살령(九忘殺靈)일 것이다.

문제는 이들만이 아니다.

'놈들 뒤로 더 있어.'

마왕이 직접 행차를 했는데 그 아래 수하들이 움직이지 않았을 리가 없다.

어렴풋이 기감으로 느끼기론 상당한 거리를 두고 각 요지마다 일련의 무리들이 점거하고 있었다.

"일맥의 전력을 총동원하다니…… 생각보다 내가 높은 평가를 받나 보군?"

"본인도 한 사람을 잡는 것치고는 행사가 너무 요란하다는 자각은 하고 있다네."

대천마왕은 어깨를 으쓱거렸다.

"하지만 어쩌겠나? 자네는 전과가 있는 것을. 이미 정주에서 귀곡산장을 밀어 버리는 결과를 보이지 않았나? 그것도 지금모란이 획책한 수많은 함정을 역으로 뒤집고서. 상황이 그렇다 보니 부득이하게 우리가 모두 나서야만 했네. 일이란 확실할수록 좋지 않은가?"

대천마왕이 장팔사모를 무성에게로 겨누었다.

"그래도 기쁨으로 생각하게. 우리가 중원으로 나서는 첫걸음에 자네를 만난 것이니 말일세."

무성은 이를 악물었다.

"그럼 다시 시작해 볼까?"

그 말이 신호탄이었다.

파바밧!

구망살령이 일제히 땅을 박찼다.

가장 먼저 공격을 시도한 자는 극의 주인, 대력마(大力魔)였다.

그는 창을 들고 땅을 내리찍었다.

"놈은 내가 잡는다!"

대공진천파(對空震天波)!

콰쾅!

땅거죽이 거칠게 일어난다. 마기로 똘똘 뭉쳐진 충격파는 일대 공간을 마구잡이로 뒤흔들었다. 대기에 뿌려진 모래 안개가 한꺼번에 몰려오는 모습은 마치 해일 같았다.

타닥!

무성은 공력을 끌어내려 어기충소의 수법으로 높이 떠올랐다.

높이만 무려 오 장.

모래 해일이 엄습할 수 없을 만큼 어마어마한 높이었다. 제아무리 뛰어난 고수라 할지라도 쉽게 닿을 수 없으리라.

하지만 무성보다 머리 하나는 더 높은 육 장 높이에서 천살군(天殺君)이 나타났다.

그는 대천마왕을 제외하면 구천마종 내에서 가장 뛰어난 암살 능력을 지닌 자였다. 천살유암(天殺幽暗)의 초식과 함께 비수가 무성의 정수리 위로 떨어졌다.

휘리릭!

무성은 허공에서 철판교의 수법으로 머리를 뒤로 꺾으며 제비돌기를 시전, 동시에 각력을 차올려 천살군의 오른팔을 쳐냈다.

그사이 깡마른 체구의 노인, 목괴(木怪)와 변발을 한 중년인, 새손마도(塞巽魔刀)가 좌우에서 합공을 해 왔다.

뜨거운 모래에 백 일 동안 담가야만 완성시킬 수 있다는 석목마수(睦木魔手)와 동남동녀 백 명의 순혈을 숙성시킨 혈청으로 단련한다는 혈손마도식(血巽魔刀式).

무성은 오른손을 뻗어 금나수로 목괴의 손목을 잡아 안쪽으로 잡아당겨 무릎으로 명치를 찍었다. 퍽! 하는 소리와 함께 갈비뼈가 으스러지며 놈의 척추와 함께 등 밖으로 삐져나왔다. 절명이었다.

축 늘어진 시신을 새손마도에게로 던졌다. 핏빛으로 물들었던 칼날이 늙은 목괴의 상반신을 반으로 가르고 지나갔다.

"이노오오오옴!"

졸지에 제 손으로 동료의 주검을 해하는 패륜을 저지르게 된 새손마도는 노호성을 터뜨리며 칼을 더 세게 몰아붙였다.

하지만 무성은 이미 천근추의 수법을 발휘, 아슬아슬하게 칼날을 머리 위로 피하며 땅에 착지하고 있었다.

밑에서 대기하고 있던 난쟁이, 왜환(倭晥)이 쌍장을 퍼부었다. 양손이 빛무리로 휘감긴 환환장(晥晥掌)이 무성의 가슴팍을 두들겼다.

콰쾅!

미처 막을 겨를이 없던 무성은 피 화살을 뿌리며 뒤로 튕겨났다.

상의가 무참히 찢기면서 손자국이 화인처럼 시뻘겋게 남았다. 주변으로는 마치 고양이가 발톱으로 그은 것처럼 붉은 상처가 회오리 모양을 그리고 있었다.

그 속으로 스며든 마기가 잠복하고 있던 마정을 자극했다.

'젠장!'

꽁꽁 뭉쳐 있던 마정이 갑자기 폭발을 하면서 기맥 전체로 퍼져 나갔다. 금구환의 신기가 이를 억누르려 했지만, 마기의 기세는 생각보다 거셌다.

그래도 이를 악문다.

입가를 따라 핏물이 베어 나왔다. 무성은 핏물을 억지로 삼키면서 우수를 활짝 펼쳐 허공을 격타했다.

콰콰쾅!

격공장과 함께 대기가 흔들린다.

"흥! 가소로운 짓!"

왜환은 코웃음을 치면서 다시 쌍장을 내질렀다. 이번에도 환환장이 녀석의 격공장을 부서뜨릴 거라 생각한 것이다.

하지만,

우드득!

"크아아아아악!"

왜환의 두 눈이 휘둥그레졌다.

분명히 펑! 하고 터져 나가야 할 격공장 대신에 자신의 손목이 뒤틀리고 있었다. 단숨에 피투성이 넝마가 되어 버렸다. 입가를 따라 비명이 터졌다.

하지만 그마저도 길게 이어지지 못했다.

연이어 닥친 격공장이 후두부를 강타, 머리가 곤죽처럼 터져 나가고 말았다.

"헉! 헉!"

무성은 한쪽 무릎으로 지면을 찍었다.

두 번째 격공장은 사실 그가 단전을 억지로 쥐어짜며 발휘한 것이었다. 결국 금구환의 신기가 힘을 잃고 역류, 그나마 버티고 있던 마기가 단숨에 골수까지 침범했다.

울컥!

무성은 다시 한 번 피를 토했다. 붉은 선혈이다. 몸 상태가 최악으로 치닫고 있었다.

다른 살령들은 그런 무성의 상황을 눈치채고 하나둘씩 모여들었다.

그중 청년이 위풍당당하게 섰다.

"천하의 마라혈붕과 제대로 손속을 겨루어 보고 싶었소만. 그래도 어쩌겠소? 이것이 그대의 운명이라면 운명인 것을. 그래도 내 동료 중 두 명을 데려갔으니 결코 억울하진 않을 거요."

살령이라고 하기엔 너무나 젊다.

많이 잡아야 겨우 무성보다 서너 살이 많을까?

비단결같이 고운 머리카락이 허리춤까지 내려온다. 눈이 쌓인 것처럼 새하얗다. 따로 염색을 하거나 탈색을 한 머리카락이 아니다. 타고난 자연산이었다.

백발이 아주 잘 어울리는 청년은 거친 손속을 자랑하던 다른 마왕들과 다른 기품을 지니고 있었다. 도저히 마공과 살법을 익힌 살수라 여기기가 어렵다.

그가 바로 대천마왕이 후계자로 점찍었다는 백안마검(白顔魔劍)일 터.

"그래도 약식으로나마 그대와 일대일 생사결을 벌이고 싶소. 승낙하시겠소?"

무성은 마기가 요동을 치는 왼쪽 어깨를 짓누르며 말없이 백안마검을 지그시 바라보았다.

백안마검은 그것을 승낙이라 받아들였다. 허리춤에서 검을 요란하게 뽑았다.

스르릉!

"그럼 가겠소."

백안마검이 가볍게 몸을 날린다. 하지만 동작은 절대 가볍지 않다. 기다란 검이 날찬 제비처럼 지면 위를 미끄러지며 무성의 미간을 노린다.

무성은 다시 한 번 이를 악물었다.

이대로 물러설 수는 없는 노릇.

최후의 최후 힘까지 담아 영검을 뽑는다. 한쪽 무릎을 꿇은 상태 그대로 이쪽으로 달려오는 백안마검을 향해서 대각선으로 그었다.

스걱!

백안마검이 무성을 지나쳤다.

두 개의 섬광이 교차했고, 피가 튀었다.

탁!

백안마검은 몇 발자국 더 나갔다가 겨우 걸음을 멈췄다. 웃음기 가득한 얼굴로 뒤를 돌아보았다.

"과연 마라혈봉. 강하……군."

백안마검은 씩 웃더니 입 밖으로 짙은 피를 주르륵 쏟아냈다. 웃는 낯 그대로 허물어져 바닥에 엎어졌다. 목에 난 상처에서 피가 분수처럼 콸콸 쏟아졌다.

"우웨에에엑!"

무성은 손으로 바닥을 짚으며 연신 피를 게워냈다.

골수를 침범했던 마기가 이제는 오장육부로 스며든다. 근골을 찌르고 혈관을 오염시킨다. 마기는 기맥을 자꾸만 거슬러 올라가 단전까지 넘보고 있었다.

하지만 여전히 남은 적이 많다.

계속 피를 토하는 무성의 머리맡으로 다른 그림자가 드리웠다.

"무서운 자로구나. 살려 두면 본종의 대업에 있어 두고두고 방해를 할 자로다."

두건으로 두 눈을 가린 맹인, 망시(忘視)는 눈살을 찌푸렸다.

천살맥 내 서열 이 위인 그는, 대천마왕과의 대결에서 시력을 완전히 잃은 후로 항시 두건으로 눈을 가렸다. 그리고 대천마왕의 수족을 자처했다.

그런데 대천마왕에 못지않은 자를, 아니, 어쩌면 그보다 위일지도 모르는 자를 여기서 만나고 말았다.

"차후 대계를 이끌어 갈 귀중한 살령들을 이 자리에서 셋이나 잃고 말았으니 앞으로 어찌 선조들의 낯을 보겠는가? 그대의 목을 잘라 죽은 이들의 혼을 달래야겠다."

하지만 망시의 바람도 이뤄지지 못했다.

몇 걸음을 옮긴 순간, 갑자기 세상이 빙그르르 돈다 싶더니 머리가 목에서 분리되어 땅으로 툭 하고 떨어지고 말았다.

어이없이 쓰러지는 시신 위로 이기어검 두 자루가 허공에 둥둥 떠다녔다.

"망시 님까지 당했어."

"무슨 저런 놈이 다 있지?"

남은 살령들은 무성에게로 접근하지 못하고 잠시 걸음을 멈췄다.

그들은 바짝 긴장해야 했다.

비록 무성이 정신을 차리지 못하고 있다지만, 두 자루의 이기어검이 신변을 지키고 있었다. 궤적도 흔적도 남지 않는 이기어검을 상대하려면 그들도 목을 내놓을 각오를 해야만 했다.

한편, 무성은 살령들이 머뭇거리는 사이에 다시 다리에 힘을 주어 일어났다.

오른손에는 세 번째 영검이 잡혀 있었다.

단전이 부서질 것까지 각오하고 마지막 영검을 빼 든 것이다.

"아직…… 멀었어."

화르륵!

거친 귀화가 놈들에게로 향했다.

"독한 놈이로고."

대천마왕은 혀를 가볍게 찼다.

그러다 자신이 마병을 세게 움켜쥐고 있다는 사실을 깨달았다.

'이 내가, 떨고 있단 말이냐?'

마병이 울리는 것이 아니다. 손이 흔들리고 있었다. 마병을 잡은 손길에 식은땀이 송골송골 맺혔다.

'놈의 기백에 눌리고 만 건가?'

수세에 몰려도 절대 꿇리지 않는 독기와 기백.

절대 죽음을 눈앞에 둔 놈의 것이 아니다.

수많은 사선을 넘나들어 그것마저도 별것 아니라고 여기는 자의 것이다.

'어쩔 수 없군.'

기실 대천마왕은 구망살령을 나서게 하여 마라혈붕의 목을 따 그 피로 고사를 지내려 했다.

하지만 이대로는 피해가 계속 커질 것이 자명한 바.

자신이 직접 나서야만 했다.

웅, 웅—!

선대 마왕들로부터 내려온 신물의 울음소리를 들으며 나서려던 그때였다.

'뭐지?'

갑자기 무성이 느릿하게 허공에다 사선을 내그었다.

분명 앞에는 아무것도 없었다.

단순한 헛짓에 불과하건만. 혹 피를 너무 많이 흘려 환각이라도 보는 것인가 의문을 가질 무렵,

콰콰—쾅!

갑자기 공간이 폭발했다.

엄청난 굉음과 함께 비스듬하게 잘려 나간 공간의 단면에서 수십 개의 강기가 튀어나왔다.

마치 뱀굴에서 뱀이 떼로 튀어나온 것처럼!

콰콰콰콰!

"킥!"

"크아아악!"

대력마는 타고난 신력을 믿고 덤볐다가 몸이 분쇄기에 갈린 것처럼 터져 나갔고, 천살군은 육 장 높이로 뛰어 피하려다 방향을 직각으로 꺾어 튀어 오른 강기에 꼬챙이 신세가 되고 말았다.

새손마도는 강기를 옆으로 비켜내려 했지만 칼이 너무 허망하게 부서져 같이 휩쓸렸고, 뚱뚱한 체구의 여돈선자(女豚仙子)는 둔장공(鈍裝功)을 믿고 버티다 풍선처럼 터졌으며, 쾌쾌한 인상의 마요(魔遙)는 머리가 댕강 잘려나갔다.

단숨에 살령들이 죽어 버린 것이다!

그뿐만이 아니었다.

콰지직! 퍼퍼퍼펑!

무성의 주변을 맴돌던 두 자루의 이기어검도 마찬가지로 부서지면서 폭죽처럼 터져 나갔다.

백여 개의 강기 다발이 허공으로 치솟았다가 포물선을 그리며 떨어져 일정 지점을 집중적으로 난타했다. 모두 천살맥의 마인들이 진형을 이루며 대기하고 있던 장소였다.

그야말로 눈 깜짝할 사이에 벌어진 일.

마인들은 어떻게 피할 겨를도 없었다.

더구나 강기 조각이 물리적 반발과 함께 다시 수십 조각으로 분쇄되어 연쇄 폭발을 거듭하니, 그 자리에서 멀쩡하게 버틸 수 있는 이는 아무도 없었다.

계속 이어지는 폭발 소리와 비명 소리, 솟구치는 모래 기둥과 흩뿌려지는 피분수.

그야말로 아비규환의 지옥이 따로 없었다.

그 속에서도 대천마왕은 장팔사모를 뱅그르르 돌려 강기를 모조리 튕겨 내는데 성공했다.

하지만 그 역시 무사할 순 없었다.

대다수의 강기가 그를 두들긴 까닭에 충격이 전해질 때마다 몸이 쭉쭉 밀려났다.

마병의 기다란 창대에는 여기저기에 짙은 생채기가 남았다. 특히 창날 부분에는 아예 금이 가 버렸다. 내재되었던 마기가 줄줄 새어 나왔다.

"대체…… 어떻게 한 것이냐?"

대천마왕은 강기 세례를 모두 물리치고 난 후에도 도무지 믿기지 않는다는 표정이 되었다.

아무리 생각해 보아도 마병의 기운을 안은 상태로 살령들을 단번에 쓸어버리는 무위를 펼친다는 것은, 도무지 그의 상식으로 납득할 수가 없었다.

그 능력이 죽은 소림사의 방장, 홍선 대사로부터 받은 영통안의 능력이라는 것을 모르는 이상에야 그로서는 절대 풀 수 없는 비밀이었다.

영통안은 사물의 진리를 꿰뚫어 보는 바.

무성은 파산검훼의 수법으로 영검을 깨뜨려 영통안이 직시하는 방향으로 날린 것뿐이었다.

덕분에 구망살령을 모두 지우는 쾌거를 안을 수 있었지만, 그 역시 마지막 남은 공력마저 소진해야만 했다.

"……."

무성은 일말의 미동도 없이 가만히 제자리에 서 있기만 했다.

대천마왕은 뒤늦게야 그가 기절한 사실을 깨달았다.

"하, 하하……! 눈을 뜬 채로 혼절을 해? 나를 앞에 두고?"

어이가 없었다.

청해에서 마왕이라 하면 울던 아이도 그치게 만들 만큼 대단한 존재이건만.

이 자에게는 전혀 그런 것도 없단 말인가.

울컥!

그때 그의 입가를 타고 핏물이 흘러내렸다.

"확실히…… 네놈이라면 그럴 만한 자격이 있지."

콰지직, 무언가가 깨지는 소리와 함께 장팔사모 전체로 금이 번지더니 조각조각 떨어지기 시작했다. 강기 세례를 튕겨 내면서 내구도가 바닥나고 만 것이다.

장팔사모가 완전히 부서지자, 대천마왕은 웃는 낯을 한 그대로 허물어졌다.

마병은 마왕의 영혼과 연결되어 있으니, 마병의 죽음은 곧 마왕의 죽음과도 같았다.

파스스……

마병이 잘게 부서진다.

조각조각이 하나둘씩 떨어지고, 그 조각이 다시 갈라지면서 가루가 되어 허공에 흩어진다.

뼈대만 앙상하게 남은 마병 위로 검은 마기가 스멀스멀 올라왔다. 그것은 허공에 흩어지지 않고 한 곳으로 뭉치더니 곧 무성 쪽으로 떨어졌다.

쏴아아!

마기는 무성의 정수리 위를 크게 한 바퀴 돌다가, 구슬프게 울부짖는 유령처럼 기이한 소리를 내면서 일곱 갈래로 갈라졌다. 그러곤 각각 칠공(七孔) 속으로 쏙 빨려 들어갔다.

마기가 완전히 사라지고 난 후, 살벌했던 전장에 적막이 내려앉았다.

뒤늦게 그림자 하나가 나타났다.

"미, 미치겠군. 죽었나?"

화우만천이 한쪽 팔을 움켜쥔 채로 절뚝거리는 걸음으로 다가온다.

황폐화된 주변을 둘러보는 그의 눈가에는 주름이 자글자글했다.

분명 장사로 가는 길목에서 제일 번화가였건만.

지금은 주변이 온통 쑥대밭이 되어 방금 전까지만 해도 화려하게 빛나던 불야성을 모두 지워 버렸다. 남은 것이라고는 탄내, 그을림, 시체, 그리고 우두커니 서 있는 무성밖엔 없었다.

꿀꺽!

화우만천은 목젖이 움직이도록 침을 크게 삼켰다. 손을 천천히 들었다.

가만히 서 있는 무성의 모습은, 지금이라도 당장 움직여 적을 베어 낼 것만 같이 날카로웠다.

보는 것만으로도 두려움을 준다.

하지만 이쪽에서 손을 쓴다면 별다른 발악도 못하고 목이 떨어져 나가리라.

드디어 끝났다며 화우만천의 입가에 웃음꽃이 맺혔다.

퍽!

그때 갑자기 좌측 가슴에 화끈한 고통이 일었다.

주르륵, 화우만천의 입가를 따라 선혈이 흘러내린다.

마지막을 앞두고 이렇게 당하다니……!

그는 믿기지 않는다는 표정으로 뒤를 돌아보았다.

별반 취급도 하지 않았던 삼류 낭인, 소율한이 그의 심장에다 유엽도를 꽂아 넣고 있었다. 차갑게 식은 눈빛을 하고서.

그 순간, 화우만천은 머리가 띵 하고 울렸다.

"여기에…… 있……었나?"

영문을 알 수 없는 말을 내뱉으며 그의 신형이 힘없이 허물어졌다.

소율한은 유엽도를 뽑을 생각도 하지 않은 채로 가만히 화우만천의 시신을 내려다보았다. 녀석이 쏟은 핏물로 발치가 축축하게 젖고 있었다.

"그는 어떻소?"

소율한은 녀석에게서 시선을 거두고 어느덧 무성의 맥을 짚는 홍가연과 이학산을 보았다. 무성은 힘없이 홍가연의 품에 쏙 하고 안겼다.

홍가연의 얼굴에 안도하는 기색이 떴다.

"살아 있어요!"

"그럼 어서 의원으로 모십시다."

소율한의 독촉에 이학산이 무성을 등에 업었다.

세 사람은 그렇게 발을 바삐 놀렸다.

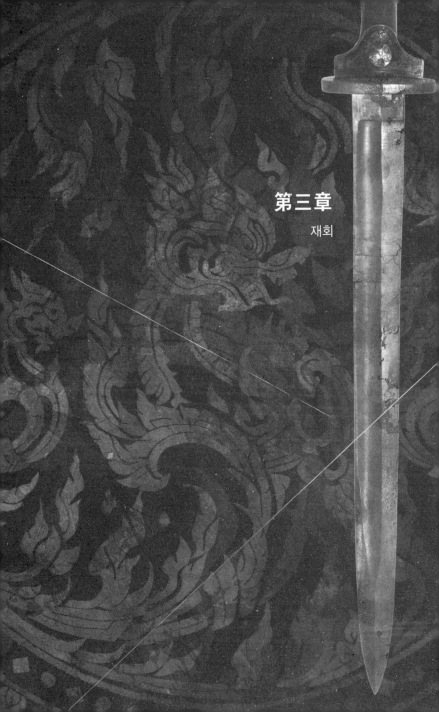

第三章

재회

무성은 머리가 깨질 것 같았다. 정신도 멍했다.

'여기가 어디지?'

왱왱 말벌이 귓가에서 돌아다니는 것처럼 이명도 들렸다. 그 너머로 들리는 목소리.

"좀 어떤 것 같습니까?"

"신기하오. 나도 의원 생활만 삼십 년째인데 이런 환자는 처음이오. 처음 올 때는 가망 없을 거라 생각했소만."

"그럼……?"

"며칠만 더 정양하면 괜찮을 듯하오."

"감사합니다."

"다만, 앞으로 무인으로서 살아갈 수 있을지는 의문이오. 어느 정도 내공 수발은 가능할 것이나, 예전과 같이는 장담할 수가……."

"그, 그게 정말인가요?"

갑자기 여인의 목소리가 끼어든다.

그러자 상대방이 당황하는 기색이 느껴졌다.

"그, 그렇소. 하여간 본인은 할 만큼 했으니 잘 챙겨주시구려."

쿵, 쿵, 하는 발걸음과 함께 문이 닫혔다.

그리고 이어지는 대담.

"그 지경이 되고도 벌써 낫다니. 역시 대단하군."

"과연 마라혈붕입니다. 단신으로 소림을 격파했다던 소문이 거짓이 아니었어요. 구천마종 중 하나를 세상에서 지워 버리다니."

"그렇지만 의원이 낫기 힘들 거라고 했잖아요? 괜찮을까요?"

"글쎄. 어쩌면 그만한 격전을 치렀으니 당연하다고도 할 수 있지 않겠나? 혹시 모르지. 아미가 자랑한다는 불광단(佛光丹)이나 청성의 청하환(清夏丸)이 있다면 나을지도."

"그런 게 지금 있을 리가 없잖아요……!"

여인의 울먹거리는 목소리가 울린다.

그들이 재차 뭐라고 말을 이으려는 그때,

"나는 괜찮으니 그렇게까지 하지 않아도 되오."

어느덧 기력을 되찾은 무성이 눈을 떴다. 그가 상체를 일으키려 하자, 홍가연이 재빨리 다가와 다시 그를 눕혔다.

"누워 있으세요! 지금은 안정이 절대적으로 필요해요!"

"괜찮소. 내 몸은 내가 잘 아니."

무성은 의도적으로 홍가연의 손길을 밀어냈다.

소율한이 빙긋 웃었다.

"누워 있지 왜 일어나나? 그것도 아리따운 낭자의 손길을 거부하고. 나라면 아픈 걸 핑계 대고 계속 칭얼거릴 텐데."

홍가연의 도끼눈에도 아랑곳하지 않고, 그는 낄낄거리기에 바빴다.

이학산이 말했다.

"단전이 다치셨습니다."

무성은 그 뒷말을 알 것 같았다.

'아픈 환자는 그냥 따르라, 이 말인가?'

확실히 단전의 상태는 좋지 않았다.

금구환이 자리 잡은 이후로 온천처럼 쉴 새 없이 공력을 분출하던 단전이 이물질로 가득 차 단단히 굳어 버렸다. 일부에는 금도 가 있었다.

마기였다.

그것도 고농도로 압축된 마기.

'그새 양이 더 불어났어.'

마병의 기운은 물론 대천마왕의 마기까지 전부 고스란히 자신에게로 들어온 사실을 모르는 무성으로서는 경악할 일이었다.

가뜩이나 마기 일부만 해도 여간 곤혹스러운 것이 아니었는데 양이 몇 배로 불어나 버렸으니.

더군다나 무성이 부러뜨리긴 했으나, 마병은 확실히 정체를 짐작키가 어려웠다. 무신이 선사한 금구환과도 쌍벽을 이룰 정도라니. 대체 어떤 내력이 담긴 것일까.

'다행인 건 금구환은 여전하다는 걸까?'

마기가 단전을 가득 채우고 금구환의 존재를 위협하고 있다지만, 고작 그 정도로 부서질 정도로 금구환은 약하지 않았다.

새카만 어둠의 바다 속에 홀로 고고히 빛나는 금구환은, 언제라도 무성의 부름을 받을 준비를 하고 있었다.

실제로 금구환에서 일부 흘러나온 신기가 실개천처럼 사지백해로 졸졸 흐르면서 망가진 몸을 수복하고 있었다. 며칠만 쉬면 건강을 되찾을 거란 의원의 말은 절대 거짓말이 아니었다.

'문제는 공력이야. 이래서는 본래에 비해 낼 수 있는 힘이

많아야 삼 할에 불과 할 텐데.'

마기는 끈적끈적하다. 그래서 씻어내려면 금구환의 신기를 한꺼번에 풀어 단숨에 쓸어야 하는데 그것이 쉽지 않았다.

천살맥이 몰살된 사실을 저들도 알았을 터.

지금은 한 시가 급하다.

'단숨에 찔러 들어가야 해. 단숨에.'

무성은 계획을 세우는 한편, 자신을 구해 준 은인들에게 다시 한 번 감사를 표했다.

"여러분들의 도움이 없었더라면 여기까지 올 수 없었을 터. 이 은혜는 절대 잊지 않겠소."

순간, 홍가연과 이학산의 눈에 이채가 어렸다. 무성은 그들의 생각을 모르지 않았다. 아마 마라혈붕이 주는 무게에 대해 가늠할 테지. 그래도 짐짓 모르는 척 넘어갔다.

"미안하지만 이만 쉬고 싶소. 자리를 비켜 주시겠소?"

"이런. 저희들이 너무 눈치 없이 행동했군요. 하면 이만 쉬시지요. 홍 소저, 이만 갑시다."

"네? 아, 네……."

홍가연은 화들짝 놀라더니 미련이 남은 눈길로 무성을 살짝 보다 이학산을 따랐다.

무성은 그녀의 눈에 담긴 감정이 연모에 가깝다는 사실을 눈치챘지만 의도적으로 피했다.

어차피 이들과는 그냥 스치는 인연에 불과하다.

단 한 사람만 빼고.

"소 형은 남아주시겠소? 할 이야기가 있소."

"나 말인가?"

무성이 말없이 고개를 끄덕인다.

소율한은 억지로 웃더니 다시 자리에 앉았다. 이학산과 홍가연이 의문 가득한 시선을 던졌지만, 무성은 그들에게 눈길 한 번 주지 않았다.

곧 두 사람이 나가고 문이 닫혔다.

"뭔가? 할 말이란 것이?"

잠시간 무성은 담담히 소율한의 눈만 응시할 뿐, 대답을 하지 않고 가만히 허공에다 손을 저었다.

우아하고 나긋한 손길.

순간, 실내로 흐르는 공기가 확 달라졌다.

영막이다.

금구환의 신기는 줄었다지만, 여전히 영주 몇 가닥을 뽑을 정도는 되었다.

"이제 이곳은 밀폐되었소. 제아무리 밖에서 엿들으려고 해도 들을 수 없으니 이만 이야기해 주시오."

"음? 무엇을 말인가?"

"소 형의 정체."

"진 아우가 대체 무슨 말을 하는지 알 수가 없구만."

전혀 모르쇠로 일관한다.

하지만 무성은 소율한의 눈가에 잡힌 눈웃음을 놓치지 않았다. 진짜 낭인이라면 이렇게 영막을 두르고 단둘만 남으면 두려워할 것이다. 그러나 소율한은 이 상황을 즐기고 있었다. 아주 즐겁게.

무성의 눈매가 더 깊게 가라앉았다.

"난 장난을 칠 기분이 아니오, 소천혈검."

실내로 흐르는 공기가 다시 변했다. 적막에서 중압감으로.

"흐음!"

소율한도 더 이상 장난치지 않았다. 눈웃음이 싹 사라지고 근엄 가득한 얼굴이 되었다. 그동안 보였던 경망스러웠던 모습은 가면에 불과했다.

"어떻게 알았나? 이쪽은 숨긴다고 숨겼는데. 황가 놈도 못 알아볼 정도지 않았나?"

황가 놈. 황충. 화우만천을 가리킨다.

확실히 화우만천은 평소 소천혈검과 같이 다니면서도 소율한을 알아보지 못했다.

"간단했소. 이유는 모르오만, 화우만천이 말하길 당신이 날 찾고 있다고 했으니까."

소율한의 눈이 살짝 커졌다.

"고작 그걸로?"

"그걸로도 충분했소. 당신이 날 찾으려 했다면 당연히 주변에 있지 않았겠소? 우연을 가장해서 말이오."

대천마왕은 무성을 낚기 위해 유부도를 이용했다. 혈랑단을 풀어 무성의 이목을 끌고, 그의 위치를 판단해 모든 전력을 투입했다. 비록 실패로 끝났지만, 실제로 무성은 위험에 처했다.

하지만 이것을 반대로 말하자면, 소천혈검도 충분히 무성을 찾는 게 가능하다는 뜻이 된다. 천살맥의 계획을 역으로 이용해서.

"그래서 찍은 겐가?"

"다른 두 사람은 신분이 확실하지 않았소?"

"그도 그렇군."

"일단 얼굴부터 되돌리지 않겠소? 나는 진짜 소천혈검과 이야기를 나누고 싶소만."

"어쩔 수 없구만."

소율한은 마음에 들지 않는다는 듯, 무성을 한 차례 노려보더니 곧 기운을 풀었다.

콰드득. 드득.

뼈가 뒤틀리는 끔찍한 소리와 함께 소율한의 골격이, 이목구비가, 기도가 달라진다.

키가 커지고 광대가 튀어나온다. 잠잠하던 두 눈은 퀭하게 내려앉아 위험한 분위기를 연출했다. 마기는 꼬리처럼 따라붙어 몸 주변을 맴돌았다.

세간에 알려진 소천혈검의 모습이었다.

"인피면구가 아니로군."

"사람의 가죽을 벗겨다가 붙이는 짓이야 삼류들이나 할 법한 일이지. 천변만화공이라고 하네."

"천변만화공?"

"왜? 들어본 적이 있나? 천축의 유가술(瑜伽術)에서 유래한 것이라 중원에는 잘 알려지지 않았을 텐데?"

무성은 잠시간 소리 없이 웃었다.

그도 같은 무공을 익히지 않았던가.

"그나저나 마라혈붕의 두뇌도 칼 솜씨만큼이나 날카롭다더니. 쯧! 이쪽에서 깜짝 놀라게 만들어 줄 참이었는데 되레 이쪽이 놀라고 말았으니. 혹시 그거 아나? 자네 같은 사람이 가장 상대하기가 까다롭다는 사실을."

"농은 그만하시고. 이제 말씀해 주시겠소? 대체 어떻게 된 건지."

소율한은 가볍게 웃었다.

"자네가 짐작한 것도 있지 않겠나? 한번 말씀해 보시게. 아우의 생각이 궁금하구만."

"유부도에서의 내분. 아마도 당신이 마구유를 데리고 화우만천을 배신하려 했던 것 같은데. 맞소?"

"맞네. 그럼 이유는 무엇인 것 같나?"

"야별성과 무슨 모종의 갈등이 있었겠지. 그러단 차에 평소 친분이 있던 마구유에게서 무슨 언질을 받고 나와 손을 잡을 생각을 했을 거요."

"음? 왜 꼭 그렇게 생각하나? 자네가 아니라 무신련 쪽에 붙는 게 더 좋을 텐데."

"무신과 사이가 안 좋으신 것 아니오?"

"하하! 확실히!"

소율한은 기분 좋게 웃었다.

"맞네. 정확하게는 내가 아니라, 스승이 무신과 사이가 좋지 않았지. 무신행 당시에 패하신 전적이 있거든. 나는 그분의 뜻에 따라 야별성에 들어간 것이고."

"그런데 왜 갑자기 왜 등을 돌릴 생각을 한 거요?"

"그야 간단하지 않은가."

소율한이 차갑게 웃었다.

"놈들이 내 의견과 반대 되는 길을 걸으려 하니 그렇지."

쿠쿠쿠……!

마기가 점점 짙어진다.

분노가 실리자 기운이 저절로 감응한다.

무성의 눈에 이채가 어렸다.

"이건 혈랑단에게 준 것과 같은 마공이로군."

"맞네. 바로 알아보는구만."

변령귀귀공에 대해서는 물을 것이 많았다.

하지만 무성은 그것을 차후로 미뤘다.

"그보다 야별성이 반대되는 길을 걸으려 했다니? 그게 무슨 뜻이오?"

"우선 그 전에 먼저 내 출신부터 밝히겠네."

소천혈검은 신주삼십육성 중 소속 없이 떠돌아다니는 독행십웅(獨行十雄)에 속한다. 특히 그중에서도 가장 신분과 행사가 비밀에 붙여져 있었다.

"나는 적악맥(赤嶽脈) 출신이라네."

"역시 구천마종이었군."

천살맥과 마찬가지로 적악맥도 구천마종을 이루는 일맥이다.

"정확하게는 반도(叛徒)지."

"반도?"

"그래. 놈들에게서 축출되었다네. 한 달 전쯤에."

"이유는?"

순간, 소율한의 눈이 차갑게 빛났다.

"살부지한(殺父之恨)."

아버지의 원수?

"정확하게는 스승의 원수일세. 난 스승을 양아버지로 모시고 있었거든."

"놈들이 당신의 스승을 해한 거요?"

"구천마종 내에는 마위경연(魔位競演)이란 거창한 행사가 있다네. 마인들끼리 서로 서열을 다투는 행사이지. 언제나 싸움에 미치고 서열에 민감한 마인들답게 아주 중요하게 여겨. 마위경연은 십 년마다 한 번씩 곤륜의 하청봉에서 열리는데, 올해는 수십 년 만에 처음으로 다른 곳에서 열릴 예정이라네."

무성은 문득 뜨이는 것이 있었다.

"초왕부!"

"맞네. 구천마종은 이번에 초왕부의 이름을 빌려 마인들뿐만 아니라, 중원 각지에서 고수들을 끌어 마위경연을 아주 크게 벌일 예정일세. 이를테면, 마종 내 마인들의 사기를 진작시키는 것과 동시에 화려한 개파식을 겸한다고 해야 할까?"

"겸사겸사 무신에게 선전포고도 날릴 테고?"

"그렇지."

그제야 무성은 대천마왕이 자신에게 했던 말을 이해할 수 있을 것 같았다.

'무신에게 던지는 선물이라고 했지?'

무성의 눈매가 깊게 가라앉았다.

"아별성은 언제나 음지에만 숨어 있다고 들었는데. 꼭 그런 것만은 아닌 모양이오."

"왜 아니겠나? 하지만 자네가 아는 것과 다르게 아별성은 중앙집권적인 단일 세력이 아니라네. 성라칠문이라 일컫는, 서로 다른 특징을 지진 일곱 개의 문파들이 서로의 이해득실에 따라 뭉친 것에 지나지 않지. 물론 중심이 되는 조직이 있고 그들을 돕는 곳도 많긴 하네만, 구천마종은 그중에서도 조금 따로 떨어져 있다네."

"확실히 마인들을 통제하긴 쉽지 않을 테니."

"맞아. 기실 구천마종은 야별성의 그늘 아래에 있지 않아도 상관없다네. 그들의 전력만 따져도 무신련에는 미치지 못할지언정 쌍존맹쯤은 너끈히 상대할 정도는 되니까."

"그래서 권토중래를 마음먹었다, 이 말씀이오? 하지만 그냥 들어오기엔 견제가 있을 수 있으니 초왕부와 손을 잡은 것이고?"

"비슷하네. 하지만 이번에는 야별성의 묵인도 있었다네. 그들도 본격적으로 무신련과 부딪치려면 계속 음지에만 있을 수는 없다 여기고 있었으니. 만야월의 정체를 들킨 이상, 이제는 양지에서도 선봉에 서서 그들을 칠 도구가 필요하지 않겠나?"

"확실히 그도 그렇군."

음지에서는 만야월로, 양지에서는 구천마종으로 무신련을 압박해 들어간다?

특히 구천마종이 자리 잡을 지역이 호남이라는 것을 고려해 본다면, 강남 정벌을 시작한 무신련으로서 상당한 위험거리가 된다.

바로 턱 밑에 비수를 바짝 들이댄 꼴이 되니.

"그럼 다시 본론으로 돌아가서. 당신이 구천마종을 뛰쳐나온 이유는?"

"이번 마위경연에서 스승이 대종주 직에 도전하려 했다네. 본래 자리에 연연하지 않던 스승이었지만, 무신에 대한 원한은 아주 깊으셔서 당신이 직접 원수를 갚길 바라셨지."

"하지만 그 전에 대종주가 손을 썼구려."

"그래."

소율한의 두 눈이 분노로 이글거렸다.

"당대 대종주는 자신의 위신을 가장 최우선으로 치지. 그래서 두려워했던 게야. 마인들의 존경을 받는 스승이 자신의 자리를 위협할까 봐. 그래서 암수를 썼지!"

무겁던 공기가 뜨겁게 달아올랐다.

"잊을 수가 없네. 싸늘하게 식은 스승의 시신을. 전혀 모른 척하는 놈의 가식 가득한 얼굴을."

부르르.

손길이 떨린다.

"하지만 나와 적악맥으로는 대종주를 이길 만한 깜냥이 되지 못해. 그래서 화를 삭이고 기회를 노렸네. 그러다 연락이 닿은 것이라네. 십 년 전에 답답한 생활이 싫다며 강호로 달아났던 사제에게서."

"사제?"

무성은 소율한이 말하는 사제가 누군지 알 것 같았다.

그래서 뭐라고 말을 이으려는 찰나였다.

갑자기 밖에서 이학산의 목소리가 들렸다.

"진 공자, 손님이 오셨습니다."

무성은 잠시 소율한을 보았다. 소율한은 어깨를 으쓱거리며 피식 웃었다.

"들이시게. 정확하게는 날 찾아온 손님이니. 하지만 아우께서도 마음에 들어 할 걸세."

무성은 주변에 두른 영막을 잠시 거뒀다.

"들여보내 주시오."

곧 문이 열리며 열 명가량이 들어왔다.

예상대로 낯이 익었다.

특히 가장 먼저 들어온 자는 소율한에게 공손히 인사를 하다가, 무성과 마주쳤을 때는 분노 가득한 얼굴이 되었다.

그는 무성의 행색을 위아래로 훑더니 냉소를 지었다.

"꼴이 참 좋구나."

"그러게. 너도 수하들에게 뒤통수를 맞고 유부도에서 꽁지가 빠져라 도망친 것치고는 꽤 행색이 좋아 보여."

사내, 마구유의 인상이 보기 좋게 와락 일그러졌다.

"죽고 싶나 보지? 지금 네 상태가 예전과 똑같다고 생각하나?"

금방이라도 무성을 찢어 죽일 것처럼 으르렁거린다.

음험하게 퍼지는 마기는 소율한의 마기와 한데 뒤엉켜 무성의 피부를 자극했다.

그때 무성의 눈이 살짝 커졌다. 녀석이 내공을 되찾았기 때문이 아니다. 이미 다른 놈들이 변령귀귀공을 발휘한 것을 보지 않았었던가. 다만, 속에 담긴 기운이 놀라웠다.

아주 익숙한 냄새가 난다.

입꼬리가 살짝 말려 올라갔다.

"곤호심법을 깨우쳤군."

"그래. 네놈의 목을 뜯으려고 익혔지. 자신의 무공으로 당하는 멍청한 놈이라니. 세상 사람들이 알면 재미있지 않을까?"

마구유는 손을 꼼지락거렸다. 두 눈이 흉흉하게 빛나지만, 녀석은 머뭇거리고 있었다. 누군가의 눈치를 보고 있단 뜻이었다.

소율한이 나섰다.

"앉아라, 사제."

"하지만 사형……!"

"앉아."

"쳇!"

마구유는 혀를 차더니 바닥에 철퍼덕 주저앉았다. 뒤에 따라온 수하들이 어쩔 줄 몰라 안절부절못하자 버럭 소리를 질렀다.

"멍청하게 거기 서서 뭐해! 네놈들도 앉아!"

"예, 옙!"

애꿎은 화풀이 상대가 되어 버린 그들은 죄다 땅바닥에 엉덩이를 붙였다. 무성은 속으로 적잖게 놀랐다.

'혈랑마도가 한 수 접고 들어간다? 살다 보니 재미난 일도 다 있군.'

마구유는 그런 무성의 생각을 읽었는지 인상을 다시 찡그렸다.

"사형은 내게 사부보다도 더 아버지 같으신 분이다. 그러니 네놈도 주둥이 조심해. 함부로 지껄이면 그때는 진짜 너 죽고 나 죽는 날이니까!"

무성은 가볍게 웃고는 다시 소율한을 보았다.

"유부도에서 왜 내분이 일어났나 싶었는데. 거기서 화우만 천의 뒤통수를 친 모양이오."

"맞네. 사제의 연락을 받고 유부도로 갔을 때는 크게 놀랐었지. 비록 본맥과 비교하면 일개 소굴에 불과하다지만, 혈랑단이 동네 애들이나 모인 왈패 집단은 아니지 않은가? 그런데 한 사람에게 당해 내공이 폐쇄되었다는 말을 들었을 때는, 정말 크게 놀라고 말았다네."

소율한은 혈랑단을 쭉 훑어보았다. 녀석들의 몸이 움찔움찔 떤다. 마구유만큼은 여전히 분노 가득한 눈길로 지그시 무성을 노려보는 중이었다.

"그래서 이들에게 사문의 변령귀귀공을 내주었지. 비록 단전은 폐쇄되었어도, 변령귀귀공은 천축에서 유래한 것이라 단전이 아닌 여섯 개의 대혈(大穴)에서 기운을 뽑아내거든."

"대혈?"

"음! 정확하게는 '차크라'라고 하는 것인데 중원에는 이에 해당하는 말이 없어 내 나름대로 의역(意譯)을 한 것이야. 사실 내공을 저장하는 혈과는 다르게 그냥 통과 지점에 가까워 달리 대륜(大輪)이라고도 칭하는데, 도무지 어울리는 표현이 없어."

'차크라.'

무성은 생소하기 짝이 없는 단어를 작게 중얼거렸다.

동시에 한 가지 생각이 떠올랐다.

곤호심법과 비슷하되 달랐던 변령귀귀공의 성질을.

"여하튼 이 변령귀귀공은 비록 본맥에 흘러오면서 마공이 가미되어 많이 변질되었다지만, 내공을 되찾게 하는 데는 전혀 무리가 없었다네."

소율한은 무성을 응시했다.

"그때 사제에게 자네의 이야기를 들었지. 자네가 걸어온 길, 행했던 일들, 꿈꾸던 일들을 말일세. 홀로 무신련에 들어가 그들을 뒤흔들고 무신의 인정까지 받다니. 당금에 누가 있어 그런 위업을 달성할 수 있었겠나?"

소율한의 눈매가 깊어진다.

"그래서 그런 생각이 들었지. 마라혈붕과 손을 잡는다면 어떨까? 나는 여전히 살부지한을 가슴에 품고도 대종주에게 대들 용기를 못 내고 있는데 반해, 자네는 혈혈단신으로 엄청난 결과를 보이지 않았나? 그래서 자네를 만나고 싶었다네. 자네도 야별성에 원한을 갖고 있을 테니 말일세."

마구유가 입술을 삐죽 내밀며 끼어들었다.

"말했지만, 나는 반대요. 저 녀석은 나를 한낱 유희거리로

밖에 안 보는 놈이야! 언젠가 저놈의 목은 내가 따 버릴 거요."

"사제."

"아, 그런 목소리로 나 좀 부르지 마쇼!"

"이미 유부도에서 다 끝난 이야기를 왜 또 꺼내는 것이냐? 사제는 정녕 사제 자신의 원한이 사부의 원한보다 더 크다고 말하고 싶은 것이야?"

"젠장! 그렇게 말하면 내가 어떻게 되냐고!"

마구유는 욕지거리를 내뱉으며 고개를 홱 하고 옆으로 돌렸다.

소율한은 씁쓸하게 웃으며 다시 무성에게 말했다.

"여하튼 그런 생각을 갖고 사제를 설득해 화우만천을 제거하고 유부도를 탈출할 생각이었다네. 혈악맥 역시 언제든지 내 명에 대기하고 있었으니 무리가 없을 거라고 생각했지. 하지만……"

"빌어먹을 손가 놈이 다 망쳤지!"

마구유가 이를 바득바득 갈았다.

"손가?"

소율한의 눈이 슬픔에 젖었다.

"스승은 모두 세 명의 제자를 두었네. 나, 마 사제, 그리고 손한(孫漢)이라는 아이일세. 비록 막내에 불과했지만, 나는 권력에 뜻이 없어 손을 떼고, 둘째인 마 사제는 강호로 도망 쳤지. 그래서 부득이하게 본맥의 종주 자리에 오른 아이일 세. 구천마종 내에서는 용혈마왕(龍血魔王)이라 불린다네."

"그자가 사형제들을 배신한 모양이구려."

"그렇다네. 내가 모르는 사이에 용혈마왕이 대종주에게 모든 사정을 밝힌 모양일세. 화우만천은 그 사실을 알고 있 었고, 내가 일어날 때를 기다리고 있었지. 그동안에 혈랑단 원 상당수를 회유했던 모양이야."

"그리고 일을 일으켰으나, 내분이 일어났다?"

"정답일세."

무성은 그제야 머릿속으로 그림이 그려졌다.

'마구유가 내게 당한 이후로 신망이 많이 떨어질 수밖에 없었겠지. 한낱 마적 집단에게 충성심이나 의리를 바랄 수는 없을 테니. 그러니 배를 갈아탄 건가?'

아무것도 없는 소율한, 마구유 사형제보다야 구천마종이 라는 거대한 배경이 그들에게는 구미가 당겼을 터.

"좋소. 그동안 무슨 일이 일어났었는지는 잘 알 것 같고. 하면 이제는 어찌할 것이오?"

"어쩌긴 어째! 그 씹어 먹어도 시원찮을 구천마종 놈들을 모조리 짓밟아 버려야지!"

마구유가 씩씩거리며 소리를 질러 댄다.

소율한은 쓸쓸한 어조로 물었다.

"사실 그게 문제일세. 자네도 보지 않았나? 이미 놈들의 약은 오를 대로 단단히 오른 상태일세. 초왕부에 집적했던 일맥 하나를 직접 출병시킬 정도로. 비록 몰살로 끝이 나고 말았지만."

"당신들과 뜻을 함께하고 있는 이들은? 숫자가 얼마나 되오?"

"나와 사제, 그리고 이들이 전부일세."

"막막하군."

소천혈검과 혈랑마도, 그리고 혈랑단원 열댓 명이라.

그것만 해도 웬만한 중소 문파 수준을 상회하는 무리지만, 구천마종을 대적하기엔 역부족이다.

무엇보다 구천마종 뒤에는 초왕부가 있지 않은가.

결국 무성은 승부수를 던졌다.

"하면 내 의견에 따를 의향이 있소?"

"뭔가? 한번 말씀해 보시게."

소율한의 눈이 반짝거린다. 마구유는 탐탁지 않다는 듯이 콧방귀를 끼며 고개를 돌렸지만, 힐끔힐끔 무성을 곁눈질했다. 무성이 천천히 입을 열었다.

第四章

초왕 주상태

"젠장."

홍가연은 밖에서 기다리는 내내 가슴이 답답했다.

대체 무성과 소율한은 무슨 이야기를 나누는 걸까?

방금 전에 찾아온 손님들은 또 뭐고?

인상이 안 좋은 걸 봐서는 영 이상한 무리들인 것 같은데……

그러다 바위를 하나 사이에 두고 이학산이 널찍이 떨어져서 앉아 자신을 바라보고 있다는 것을 알게 되었다. 녀석의 입가엔 예의 그 재수 없는 미소가 맺혀 있었다.

"왜?"

눈썹이 팔자 모양으로 뒤집어진다. 말투도 더 이상 존대를 쓰지 않았다. 껄렁껄렁한 눈빛은 영락없는 뒷골목 왈패였다.

하지만 이학산의 미소는 더 짙어지기만 했다.

"야! 왜 웃냐고!"

"귀여우니 웃지요."

"뭐? 내가? 귀여워?"

"예."

"이 귀여운 누님한테 정신 차릴 때까지 한번 얻어터져 볼래?"

"그건 사양하겠습니다."

"어쭈?"

홍가연은 주먹을 부들부들 떨다가 이내 힘을 풀었다.

"에휴. 저런 미친놈이랑 이야기를 나누려 하다니. 내가 미친년이지."

그녀는 인상을 살짝 좁혔다.

"그런데 대체 뭔 이야기를 나누기에 이렇게 안 나오는 거야? 무슨 동네 반상회라도 하나?"

보통 사자와 사매들이 수련이 끝나고 나면 뒷산에 옹기종기 모여 수다 삼매경에 빠지곤 한다.

지금이 꼭 그때 같았다.

지겹고, 따분하고. 그러면서도 내용은 궁금하다.

그런 그녀의 바람을 들어준 것인지 드디어 방문이 열렸다.

소율한과 손님들이 우르르 먼저 나오고, 마지막에 무성이 보였다.

홍가연은 퍼뜩 자리에서 일어났다. 그러다 옷매무새가 흐트러지지는 않았는지 눈대중으로 재빨리 훑어보았다. 저 멀리 이학산의 재수 없는 미소가 더 짙어진 것 같았지만 신경 쓰지 않았다.

걱정 가득한 얼굴로 무성에게 다가갔다.

"벌써 나오셔도 되는 거예요? 좀 더 쉬시지 않고요."

그러면서 힐끗 소율한 등을 노려본다.

왜 무성을 쉬게 놔두지 않았냐는 질책이다.

눈빛을 읽은 소율한은 말없이 쓰게 웃었고, 마구유는 뭔 이런 여자가 다 있냐는 표정이 되었다.

무성은 가슴 따뜻한 미소를 지어 보이더니 말했다.

"홍 소저."

"네?"

"그리고 이 소협."

"말씀하십시오."

이학산이 멀리서 대답한다.

"두 분께 긴히 말씀 드릴 것이 있소."

무성의 눈매는 깊었다.

잠시 후.

홍가연의 눈이 휘둥그레졌다. 경악으로.

"떠나……라고요?"

"지금부터 나와 소 형님 등은 따로 갈 곳이 있소."

뒷말을 생략했지만, 그 내용이 뭔지 모를 정도로 아둔하지는 않다.

따로 갈 길 가자.

그 뜻이 아닌가.

"진 공자도 초왕부로 가신다고 하지 않으셨나요?"

"맞소."

"그런데……."

"다만, 가는 목적이 다르오."

"목적이라뇨?"

무성은 말없이 웃었다.

이 이상은 답변하기 힘들다는 뜻이다.

치마 주름을 잡는 손길에 힘이 바짝 들어갔다.

"홍 소저?"

무성의 눈이 휘둥그레졌다.

'어?'

홍가연은 뒤늦게 눈가가 촉촉하게 젖었다는 사실을 깨달

았다.

'나, 울고 있는 거야?'

"괜찮소?"

홍가연은 눈가에 맺힌 눈물을 참으며 억지로 웃었다.

"아니에요. 어쩔 수 없죠. 어차피 이번만 날이 아니니 다음
에 뵙도록 해요."

"그럽시다."

홍가연이 붉어진 얼굴을 피하려 고개를 재빨리 뒤로 돌리
려는 찰나였다. 갑자기 이학산이 그녀의 어깨를 짚었다.

이 녀석은 또 왜 이러나 싶어서 올려다보는데, 녀석이 웃고
있었다.

그런데 그 미소가 조금 달랐다.

여태 짓던 재수 없는 미소가 아닌 따뜻한 미소였다.

"두 분은 초왕부를 치러 가는 듯한데, 맞습니까?"

순간, 공기가 묵직하게 가라앉았다.

한 발자국 떨어져 있던 마구유가 송곳니가 드러나도록 차
갑게 웃었다.

"이봐, 말코. 보아하니 머리가 제법 잘 돌아가는 듯한데
말이야. 네놈들 같은 놈들의 공통된 특징이 뭔지 알아?"

"……."

"그 쥐뿔도 안 되는 머리 하나만 믿고 깝죽대면서 꼭 쓸데

없는 데에까지 관심을 기울이다가 뒈진다는 거야."

더 이상 깊게 파고들면 죽이겠다는 살벌한 협박.

홍가연의 안색이 창백해졌다.

'이자, 마인이야!'

그것도 가면인 같은 조무래기들과는 비교도 불가능한 진짜 마인이었다.

어째서 이자들이 무성과 함께하는 걸까?

불과 며칠 전까지만 해도 서로 죽이고 죽이려 했던 관계면서?

이학산은 여전히 여유로운 태도로 일관했다.

"하지만 그 잘 돌아가는 머리가 때로는 재미난 일을 벌이기도 하지요."

"재미난 일을 벌인다?"

"예. 보아하니 초왕부는 현재 복마전(伏魔殿)인 듯합니다. 안 그렇습니까?"

"그런데?"

"한데, 천하의 마라혈붕이 그 복마전으로 뛰어들려고 합니다. 정체를 알 수 없는 마인들과 함께요. 그러니 이만큼 재미난 일이 어디에 있겠습니까? 하물며 곧 커다란 연회를 코앞에 두고 말입니다."

누가 봐도 초왕부의 일이 심상치 않다는 것을 짐작할 수 있다는 말이다.

마구유가 인상을 와락 일그러뜨리며 뭐라고 말하려는데, 갑자기 무성이 손을 뻗어 그를 막았다.

"이 소협."

"예."

"이 일은 절대 재미로 처리할 사안이 아니오. 이 소협이 말했듯이 초왕부는 복마전이오. 사실대로 말씀드리자면, 지금 두 분은 우리가 하려는 일에 방해만 될 뿐이오. 내심으로는 이대로 발길을 돌려 사문으로 돌아가라고 권하고 싶소."

"하지만 사문의 명령은 지엄합니다. 초왕부의 연회에 참석해 그들의 일거수일투족을 살피는 것이 본파와 아미의 뜻입니다. 그런 상황에서 그들이 수상 쩍인 행동을 보이는 걸 안 이상, 진 공자를 따르고 싶은 게 솔직한 마음입니다. 무엇보다 진 공자의 생각과 달리 우리가 짐짝만 되지는 않을 겁니다. 도리어 도움이 되겠지요."

"도움이 된다?"

"예. 진 공자는 아주 큰 그림을 그리시는 듯합니다. 그렇지 않습니까?"

"……."

무성은 답이 없었다.

두 사내 사이로 아주 잠깐 적막이 흘렀다.

"청성과 아미라면, 진 공자가 앞으로 그려 나갈 그림에 앞으로 큰 도움이 될 겁니다. 무엇보다 현재 진 공자는 손 하나라도 절실히 필요하지 않으십니까? 그러니 도와 드리겠습니다. 진 공자는 그림을 그리시고, 저희들은 이 강호에 들어서려는 마인들을 격퇴하는 겁니다. 어떠십니까?"

"동맹을 맺자, 이 말이오?"

"예."

무성은 잠시 생각에 잠겼다. 그러다 소율한을 보았다.

소율한은 어깨를 으쓱거렸다. 알아서 하라는 투였다.

"어쩔 수 없군. 단, 조건이 있소."

"무엇입니까?"

"절대 우리가 하는 일에 방해를 해서는 아니 되오. 그리고 초왕부에 있는 동안에는 철저히 명에 따라주시오."

"물론."

"좋소. 그럼 앞으로 잘 부탁드리리다."

무성과 이학산은 서로 악수를 나누었다.

이학산은 포근한 미소를 지으며 힐끗 뒤쪽을 보며 홍가연에게 한쪽 눈을 찡긋했다. 이만하면 만족하냐는 투였다.

홍가연은 살짝 얼굴을 붉히다가, 이내 도끼눈으로 그를 째려보았다.

고마운 마음보다도 저런 식으로 나서니 조금 얄미웠다.

한 시진 후.

일련의 무리들이 대거 움직이기 시작했다.

목표는 장사.

초왕부였다.

*　　　*　　　*

"명심하게. 구천마종은 분명 초왕부와 손을 잡고 뭔가를 획책하고 있어. 마위경연에 모이는 사람들을 두고서…… 하지만 난 그게 무엇인지 알기도 전에 쫓겨났기 때문에 잘 몰라. 그것을 알아내야만 해."

"걱정 마시오. 나 역시 녀석들을 막는 게 목표이니."

우드득. 드득.

무성의 골격이 변하기 시작한다. 마치 점토로 얼굴을 빚는 것처럼 이리저리 일그러지더니 곧 새로운 사람이 되었다.

"천변만화공? 그걸 자네가 어떻게 알고 있는 겐가?"

소율한은 무성을 보더니 크게 놀랐다.

무성은 말없이 웃음만 지었다.

"끄응. 자네라는 사람은 보면 볼수록 알 수가 없군."

소율한은 가볍게 앓는 소리를 내고는, 시선을 옆으로 돌렸다.

사람들이 어수선하게 돌아다니는 길목.

저 멀리 엄청난 규모의 전각군들이 보인다. 그 주변으로 높다란 성곽이 쭉 둘러싸여 있고, 활짝 열린 정문 앞에는 수많은 사람들로 인산인해를 이룬다.

저곳이야말로 그들의 목적지인 초왕부이자, 구천마종이 웅크리고 있는 복마전이었다.

"그럼 시작하지."

"다녀오겠습니다."

무성이 천천히 움직이기 시작한다.

그는 더 이상 마라혈붕이 아니었다. 분명 죽었어야 할 화우만천이었다.

*   *   *

초왕부가 구천마종을 수용한 사실은 아직까지 비밀로 붙여져 있다. 덕분에 마인들은 정해진 길목으로만 몰래 넘나들 수 있었다.

중요한 시기를 앞에 두다 보니 경계는 어느 때보다 철저했다.

사라마왕(邪羅魔王)은 휘하 특술맥(慝術脈)의 사군(邪君)들과 함께 바로 그 길목을 지키고 있었다.

그런데 전혀 신고 되지 않은 기척이 느껴졌다.

『종주!』

『일단 모두 자리를 지켜라. 제법 강한 자이니.』

얼마 전에 마라혈봉과 소천혈검을 제거하러 떠났던 천살맥이 몰살을 당했다는 소식은 마인들을 들썩이게 만들기에 충분했다.

뒤늦게 추격대를 꾸려 보냈으나, 이미 그들은 자취를 감춘 직후였다.

그런데 이질적인 기운이 느껴지니 경계할 수밖에.

조용히 종을 꺼내 든다.

보통 종과는 달랐다. 마치 흑요석을 깎은 것처럼 차가운 빛을 발한다. 시퍼런 표면에서는 마기가 음산하게 퍼져 나왔다. 전대 마왕으로부터 물려받은 마병이다.

그 순간, 이질적인 기운이 기척을 드러냈다.

『나요.』

『자, 자네는……?』

사라마왕의 눈이 살짝 커졌다.

분명 죽었다고 생각했던 화우만천이 왜 여기에 있단 말인가!

혹시 가짜가 그로 분장을 한 것인가 면밀히 살폈지만, 얼굴 생김새부터 말투까지 전부 화우만천과 똑같았다. 제아무리 역용술을 부린다 하여도 목소리 변조는 힘든 법이었다.

그래도 완전히 믿을 수는 없어서 확인 절차를 밟았다.

『새벽은?』

『붉은 바닷가로.』

『대낮은?』

『푸른 밤으로.』

사라마왕의 눈이 커졌다.

이건 그들만이 사용하는 은어다. 녀석은 진짜였다!

"황 아우! 살아 있었구만!"

사라마왕은 은신을 지우던 어둠을 모두 물리고 나타나 화우만천을 덥석 안았다.

비록 화우만천은 구천마종의 소속은 아니나, 평소 그와 친형제처럼 각별히 지내던 사이였다.

"잘 지내셨소, 형님?"

"대체 이게 어떻게 된 일인가? 난 여태 자네가 죽은 줄로만 알고 있었어!"

화우만천은 사라마왕의 어깨에 손을 얹었다.

"어쩌다 보니 일이 그렇게 되었소. 어떻게 되었는지 말하려면 이야기가 길어지오. 대종주를 뵙고 경과를 보고하고 싶은데, 대종주께서는 안에 계시오?"

"계시질 않네."

"어디 가시었소?"

"마라혈붕과 반도 놈의 종적을 찾겠다고 직접 운신하시었어."

"대종주께서 말이오?"

화우만천의 눈이 휘둥그레졌다.

확실히 놀란 모양이다.

그럴 수밖에 없다. 엉덩이가 무겁기로 유명한 대종주가 직접 움직인 것은 사라마왕도 처음 본 것이었으니.

"으음! 일이 이렇게 복잡해진 상황에서 함부로 움직이시면 아니 되는 것인데."

"나도 잘 아네만, 어쩌겠나? 다른 종주들도 말렸지만, 대종주의 뜻이 워낙에 강경하셔야 말이지. 한데, 정말 자네, 화우만천이 맞는 거지?"

"하하하! 사실 이 황가의 목숨을 살린 것은 형님 덕이라오. 떠나기 전에 형님께서 진천뢰를 내주시지 않았다면 이 아우가 이 자리에 있지 못했을 거요."

"허허허! 다행이구만. 이리 건강하게 보게 되니."

사라마왕은 마지막까지 남았던 한 끌의 의심마저도 말끔히 지울 수 있었다. 진천뢰의 원주인이 자신이라는 사실은 두 사람만이 알고 있었다.

"우선 안으로 들어가세. 때마침 다른 종주들과 초왕 전하께서 앞으로 있을 마위경연에 대해 회의를 하고 계시다네."

"회의요?"

언뜻 화우만천의 두 눈에 이채가 어렸지만, 사라마왕은 고개를 돌리고 있어 미처 보지 못했다.

"그렇다네. 어서 들어가세."

"예."

화우만천, 아니, 화우만천으로 분장한 무성은 사라마왕의 뒤를 천천히 따랐다.

'일단 첫 관문은 통과한 셈인가?'

무성이 이번 작전을 잡으며 목표한 바는 두 가지였다.

첫째는 초왕부와 구천마종의 노림수이고, 둘째는 이들 의 계획을 막는 것이었다.

무성은 화우만천으로 변장해 녀석들의 심장부로 다가가고, 외부에서는 소율한과 홍가연 등이 연회에 참석하는 척 꾸미면서 다가간다. 당연히 홍가연과 이학산은 손님의 자격으로, 소율한과 마구유 등은 낭인으로 신분을 위장하기로 약조되었다.

무성이 화우만천의 흉내를 내는 것은 어렵지 않았다.

이미 수양이 깊어진 묵혈관법은 한 사람을 모방하는 것쯤은 어렵지 않았고, 그 외에 자잘한 것은 한때 그와 친하게 지냈던 소율한이 조언해 주었다.

구천마종 마인들이 드나드는 출입로도, 화우만천과 사라마왕과의 관계도, 진천뢰에 대한 내용도 소율한이 모두 말해 준 것들이었다.

사라마왕은 초왕부의 뒤뜰을 거닐었다.

듣자 하니, 초왕부 내 심처 구역은 허락되지 않은 이들의 접근을 불허해 구천마종이 머무는 중이라고 했다.

일개 왕부답게 뒤뜰은 아주 아름다웠다.

무신과 만났던 정자와 비교해도 절대 뒤지지 않는다.

해자를 따라 졸졸 흐르는 물줄기와 그 속에서 뛰어다니는 잉어들, 그 위로 놓인 구름다리와 아름답게 조성된 조경은 보는 이로 하여금 탄성을 불렀다.

마왕들을 찾는 것은 그리 어렵지 않았다.

구름 문양이 그려진 언덕 위로 놓인 정자 안.

원탁을 따라 여덟 명의 사내들이 앉아 차향을 즐기고 있다.

겉으로 봤을 때는 엄숙하고 경건한 분위기가 흐른다. 하지만 자세히 살펴보면 저변으로 음습하고 암울한 기운이 강물처럼 흐르고 있다는 사실을 알 수 있었다.

'저들이 구대마왕(九大魔王).'

구천마종을 이루는 아홉 개의 마맥(魔脈). 그들의 종주이자, 제왕인 자들.

그리고 가장 상석에는 곤룡포를 입은 자가 있었다.

흉배에 그려진 문양은 일개 친왕에게 허락되지 않는 발톱 다섯 개 달린 오조룡(五爪龍)이었으며, 머리에 쓴 것은 구장복(九章服)과 함께한 쌍을 이루는 면류관(冕旒冠)이었다.

분명 무공을 익힌 흔적은 찾을 수 없다.

하지만 그가 내뿜는 기도는 다른 마왕들이 내뿜는 마기에도 절대 꿇리지 않았다.

아니, 도리어 그 이상이었다.

다른 마기들은 어둡게 가라앉지만, 그만이 홀로 빛을 내고 있었으니.

무성은 저런 기운을 가진 사람을 본 적이 있었다.

'기왕이 그랬지.'

특히나 익선관 아래로 드러난 얼굴은, 분명 처음 보는 낯선 것인데도 불구하고 너무도 익숙했다.

죽은 주익이 나이를 먹으면 저러할까.

강남의 무림을 지배하는 이가 쌍존이라면, 하늘을 지배하는 자는 바로 그일지니.

초왕 주상태(朱常兌).

그가 무성 쪽을 응시했다.

모든 것을 꿰뚫어 보는 듯한 눈길로.

"왔느냐?"

무성과 사라마왕은 재빨리 한쪽 무릎을 바닥에 찧으며 부복했다.

"소신 황충, 전하를 뵙사옵니다."

"수고가 많았다 들었다."

"과찬이시옵니다."

"아니다. 본왕부를 위해 목숨을 걸었다가 다친 것이 아니냐? 과인은 그대의 충성과 노고가 너무나 감사하고 또 감사하구나."

초왕은 따스한 미소를 지어 보였다.

무성은 거기서 진심을 읽었다.

'이자, 사람을 다룰 줄 알아.'

쉽게 말하자면 현군(賢君)의 상(相)이라고 해야 할까.

오만불손하기만 하던 주익을 떠올렸던 그로서는 허를 찔린 것 같았다.

"여하튼 그대도 이 자리에 참석할 자격이 있는 바. 사라, 황충을 데리고 이리로 와 앉히거라."

"은혜가 하해와 같으십니다."

무성은 사라마왕을 따라 천천히 걸음을 옮겼다.

층계를 따라 정자로 올라가니 마왕들의 시선이 그에게로

꽂혔다.

그 속에 담긴 감정은 가지각색이다.

놀라움이나 반가움이 있는 반면에 못마땅하거나 관심 없어 하는 눈빛도 있었다. 확실히 여러 사람들이 모여 있는 자리이다 보니 화우만천 역시 친하게 지내는 마왕이 있는가 하면, 사이가 좋지 않은 자들도 있었다.

사라마왕은 좌측 세 번째 자리에 자연스럽게 앉았다.

"뭐하나? 어서 앉지 않고."

무성은 말없이 웃었다.

'이런 건 듣지 못했는데.'

소율한이라고 해서 처음부터 끝까지 조언을 해 주기란 어렵다. 당연히 이런 소소한 것까지 챙기기는 어려운 법. 이런 건 임기응변으로 대처해야 했다.

빈자리가 있으면 바로 앉으면 되지만, 하필 좌석은 나무줄기를 길게 잘라 둥글게 만든 것이어서 따로 지정된 자리가 없었다.

무성은 결국 잔머리를 썼다.

속으로 손을 집어넣었다가, 실수인 척 안에 든 물건을 떨어뜨렸다.

"이런……!"

손바닥만한 크기의 작은 함이 바닥에 툭 떨어졌다.

무성은 어쩔 줄 몰라 하며 황급히 함을 주웠다.

"그게 무엇인가?"

초왕이 가장 먼저 호기심을 드러냈다.

무성은 아주 소중한 보석처럼 공손하게 주워 어루만졌다.

"소신이 전하께 진상하려던 것이온데……."

"과인에게 진상하려던 것이다? 이리 가져오게."

"하, 하오나 이렇게 더럽혀져서…… 소신이 다시 준비해 올리겠사옵니다."

"아니다. 소중한 신하가 전장에서 돌아와 가져온 것인데 어찌 추미(醜美)를 따질 것이냐? 과인은 괜찮으니 어서 이리 가져오게. 태감."

"예이."

"받아 오게."

초왕의 뒤편에 시립해 있던 환관이 공손히 고개를 숙이더니 무성에게로 다가왔다.

무성은 건네기를 꺼려했지만, 환관이 괜찮다며 포근한 미소로 손을 내밀자 결국 건넸다. 환관은 조용히 선물을 받아 초왕에게 바쳤다.

초왕은 호기심 가득한 얼굴로 천천히 함을 열었다.

안에는 자그마한 반지가 들어 있었다.

단순히 옥을 깎아 만든 반지. 일개 여염집 처자들도 가질 법한 것이었다. 당연히 수많은 보물과 재화를 지닌 초왕의 이목에 찰리가 없다.

의문 가득한 얼굴로 무성을 보았다.

"이건 옥가락지가 아니냐?"

"예. 그렇사옵니다."

"한데, 이것을 왜 내게 주려 했던고?"

"그것은 보기와 달리 보통 옥가락지가 아니옵니다."

"하면?"

"감히 전하의 위신에 먹칠하고, 친영군 저하를 시해했던 자가 남긴 마지막 물건이옵니다."

순간, 평온했던 초왕의 두 눈이 부릅떠졌다.

다른 마왕들도 도무지 믿기지 않는 표정이 되었다. 몇몇은 아예 자리를 박차고 일어나기까지 했다.

"그, 그 말은……!"

무성은 입술에 침 한 점 바르지 않고서 거짓을 고변했다.

"예. 역적, 진무성의 것이옵니다."

"……!"

"……!"

초왕의 지시에 따라 환관은 재빨리 밖으로 사실을 확인하러 갔다. 무성이 다 탄 유골 중 일부를 수습해 왔다고 알린 것이다.

"그대의 말…… 한 치도 거짓이 없으렷다?"

"그렇사옵니다."

"허! 허허허!"

초왕은 껄껄 웃음을 터뜨렸다. 모옥이 떠나가도록.

하지만 마왕들 중 어느 누구도 초왕을 따라 웃지 못했다. 모두가 그가 짓는 웃음 아래로 싸늘하게 식은 감정이 깔려 있다는 것을 알고 있었다.

『정말 그게 사실인가? 마라혈붕이 죽었다는 것이?』

무성은 전음이 날아온 방향으로 시선을 돌렸다.

꾀죄죄한 몰골에 어깨가 축 늘어진 노인이 다급한 눈길로 그를 바라보고 있었다. 퀭하게 가라앉은 두 눈에서는 불길이 치솟을 것 같았다.

'마성맥(魔星脈)의 신타마왕(神駝魔王). 화우만천과는 사이가 안 좋았던 인물이었지?'

무성은 약간 불만이 담긴 목소리로 전음을 날렸다.

『이따 확인해 보면 될 것 아니오?』

『그게 대체 무슨 소린가! 죽었다는 게야, 안 죽었다는 게야!』

무성은 답을 하지 않고 입을 꾹 다물었다.

신타마왕의 두 눈이 부릅떠졌다. 대놓고 자신을 무시하는 자가 마음에 들 리 없다. 전음으로 고래고래 욕을 퍼부었다. 초왕이 자리에 없었더라면 난리를 피웠을 터.

두 사람의 감정 싸움을 눈치챈 중앙의 중년인이 중재에 나섰다.

『둘 다 그만하게. 전하가 보시는 앞에서 이게 대체 무슨 추태인가!』

'축일맥(祝日脈)의 화염마왕(火焰魔王). 이자와는 관계가 좋다고 하니 한 발 물러서야겠지.'

화염마왕은 겉으로 보이는 것과 다르게 구대마왕 중에서도 가장 나이가 많다. 덕분에 대종주도 어른을 공경하는 의미에서 한 발 물러서는 경우가 많다고 했다.

『신타께서 소인의 말을 믿지를 않으시니 그러는 것 아닙니까?』

『이, 이놈이!』

『그만! 신타, 자네는 나이가 몇인데 아직도 그 성정을 죽이지 못하는 겐가? 그리고 충, 너 또한 어찌 그리도 경망스러운 것이냐? 내 누차 감정을 다스려야 할 줄 안다고 누누이 일렀거늘.』

『미안하오.』

『죄송합니다.』

신타마왕은 화염마왕의 서슬 퍼런 일갈에 억지로 분을 삭여야만 했다. 얼굴이 보기 좋게 붉으락푸르락해졌다. 무성은 마땅치 않은 척 입술을 삐죽 내밀었다.

『신타는 이번 일이 믿기지 않아서 저리 묻는 것이다. 벽력보에서 빌려준 폭호대는 물론이고, 천살맥이 통째로 날아가지 않았느냐? 그래서 마라혈붕이 아직도 반도 놈과 살아 있다고 생각을 하고 있었던 차였다. 한데, 사실은 죽었다고 하니 이리 다들 놀라는 것이다. 그러니 바른대로 답하여라.』

『마라혈붕, 그 작자는 죽었습니다. 소인이 직접 시신까지 확인을 하였으니 걱정하지 않으셔도 됩니다.』

『허어!』

『그런 일이!』

화염마왕은 마왕들이 모두 들을 수 있도록 전음을 펼치고 있었다.

동시다발적으로 여러 사람들에게 전음을 날리는 것은 결코 쉬운 일이 아니었지만, 그들 정도 되는 사람들에겐 크게 어렵지 않았다.

『분명 놈은 강했습니다. 하지만 놈을 잡고자 하는 대천의 의지는 더 강했습니다. 동귀어진을 각오하고 구망살령과 함께 녀석을 초죽음으로 몰아넣는데 성공했습니다. 비록 당신께서는 마병까지 잃고 모두 눈을 감으셔야 했지만 말입니다.』

『아!』

『그런……!』

곳곳에서 탄식이 흘러나온다.

무성은 저도 모르게 웃음이 나오려는 것을 억지로 참아야만 했다.

사람 대하기를 가축 대하듯이 하는 마인들이 동료를 걱정하는 꼴이라니. 이만큼 우스운 일도 없었다.

『그래서 마지막엔 폭호대와 제가 나섰습니다. 폭호대가 전멸을 각오하고 녀석의 발목을 묶고, 제가 진천뢰를 사용해서야 겨우 잡을 수 있었지요.』

『하면 너는 그동안 여태 왜 돌아오지 않았던 게냐?』

탄식이 깊어지는 가운데, 신타마왕이 딴죽을 걸었다.

무성은 당황하지 않고 자연스레 답을 이었다.

『당시 마라혈붕에 의해 큰 상처를 입어야 했던지라 정양할 시간이 필요했습니다. 도무지 정신을 차릴 겨를이 없어 치유에만 골몰했었는데, 어느 정도 몸을 추스를 정도가 되니 시간이 이만큼 지났습니다. 그동안 심려를 끼쳐드렸다면, 죄송합니다.』

하지만 내용과 달리 말투에는 전혀 미안한 기색이 없었다. 그런 험난한 전투에서도 자신은 목적을 이루고 돌아왔다고 당당히 밝히고 있었다.

무성은 더 이상 할 말이 없다는 듯이 입을 꾹 다물었다.

마왕들은 더 이상 묻지 않고 저마다 고심에 잠겼다.

'비어 버린 천살맥의 이권을 나눠 먹을 궁리만 하고 있었는데, 갑자기 생각지 못한 변수가 등장했으니 계산이 안 서는 것이겠지.'

구천마종은 서로 지분을 가진 연합체다. 천살맥이 사라져 맛난 먹잇감이 생겼다고 생각한 판국에 화우만천이 나섰으니 나눠 줘야 하는 것이다.

아니, 어쩌면 화우만천이 천살맥을 대신해 새로운 일파를 세울지도 모르는 일이었다.

자식의 원수를 대신 갚아 준 초왕의 은덕이 내려진다면 세를 일구는 것쯤이야 어렵지 않은 일이니.

물론 무성은 전혀 관심이 없었지만.

그때 확인을 하러 갔던 환관이 다급한 걸음으로 돌아왔다. 안색이 창백해지고 숨결이 거친 것을 확인한 초왕의 인상도 덩달아 굳어졌다.

"어찌 되었느냐?"

"그, 그것이!"

환관은 숨을 돌릴 겨를도 없이 소리쳤다.

"맞사옵니다! 의원의 말에 따르면 녀석의 치열이나 골격으로 보아 역적이 맞다 하옵니다!"

"아아아! 익아……!"

초왕은 손으로 얼굴을 덮었다.

손목을 따라 눈물이 축축하게 흘러내렸다.

第五章

본류야행(本流夜行)

무성이 자신이라고 가져온 시신은 사실 진짜 화우만천이
었다.

소율한이 무성을 의원에다 데려다 주고 전장을 뒷정리 했
었는데, 혹시 몰라 그때 수습했다고 했다.

시신을 훼손하는 것은 어렵지 않았다. 이미 녀석도 화상
을 심하게 입은 상태였으니 거기다 삼매진화를 더해 모습을
알아볼 수 없게 만들었다.

치열은 천변만화공을 이용해 얼추 비슷하게 맞췄다. 전체
적인 골격은 따로 손도 댈 필요가 없었다. 화우만천과 무성
의 덩치가 제법 비슷했던 것이다.

결국 무성은 화우만천이 되고, 화우만천은 무성이 되자 무성은 즉각 초왕부로 향했다.

원수의 죽음을 전해 들은 초왕은 즉각 자리를 파했다. 도무지 정사를 볼 만한 기력이 아니었다.

대신에 떠나기 전에 슬픔 가득한 눈길로 무성의 어깨를 두들겼다.

"친구라 믿었던 무신은 날 배신했다. 와줄 거라 호언장담하던 야별성은 아무런 해답도 못 내놓았지. 밑에 있는 과인의 신하들은 두 말할 나위도 없고. 하지만 그대만은 과인의 염려를 덜어 주었구나. 이 은혜, 절대 잊지 않을 것이다."

나중에 들기로 초왕은 주익이 머물던 궁으로 향했다고 한다. 아마도 죽은 자식을 떠올리며 눈물을 흘릴 테지.

'당신도 한 아이의 아버지라는 것이오?'

무성은 저 멀리 사라지는 초왕의 뒷모습을 보며 살짝 이를 악물었다.

'그렇다면 당신에게 자식이 소중하듯, 다른 누군가에게도 가족이 소중하다는 것을 알아야 하는 것 아니오?'

절대 던질 수 없는 질문을 속으로 삭인다.

행여 본심이 드러날까 싶어 얼굴 표정에 주의를 기울였다.

초왕이 떠나고, 마왕들도 하나둘씩 자리에서 일어났다.

우려했던 마라혈붕이 죽은 것이 확실해진 이상, 이제는 차후에 있을 마위경연에 집중을 기울여야 했다. 혹 있을지 모를 무신련의 공작도 대비했다.

모두가 바삐 움직이는 가운데, 무성 역시 눈치껏 발을 놀렸다.

사라마왕의 옆에 달라붙었다.

"하아! 정말이지 태풍이라도 부는 줄 알았어."

"어차피 마라혈붕을 잡고자 천살맥을 보낸 것이 아닙니까? 그런데 왜 이렇게 다들 이런 반응을 보이는지 모르겠습니다."

"그야 실패했다고 생각했던 바가 갑자기 성공을 했다고 하니 허탈한 게지. 그리고 다들 그동안 짜 놓은 노림수가 날아가 버리게 되지 않나? 나는 기분이 좋다만. 낄낄낄!"

사라마왕은 가볍게 웃어 젖히고는 무성의 어깨를 두들겼다.

"하여간 수고 많았네. 자네가 아니고서야 누가 이런 일들을 해낼 수 있겠나?"

"과찬이십니다. 제가 아니라 누가 나섰어도 해냈을 겁니다."

그때 갑자기 사라마왕의 걸음이 멈췄다.

그가 지그시 무성을 쳐다보았다.

"왜 그러십니까? 뭐라도 묻었습니까?"

"자네, 정말 내가 아는 황충이 맞나?"

눈을 가느다랗게 좁힌다. 두 눈에 의심이 깃들었다.

무성은 등골이 싸늘하게 식었지만, 되레 버럭 역성을 냈다.

"대체 무슨 소리를 하시는 겁니까?"

"아니. 평상시 자네라면 자화자찬을 하기에 여념이 없을 텐데 자꾸만 뒤로 내빼니 이러는 것 아닌가?"

'이런. 실수했어.'

무성은 입술을 삐죽 내밀었다.

"그야 당연하지 않습니까? 앞으로 큰일을 할 것인데 예전처럼 오만방자하게 굴어 보십시오. 괜히 물어뜯기기 십상이지."

"하하하! 그도 그렇군!"

"그리고 이번 난전을 겪으면서 생각이 바뀌었습니다. 정말 똑바로 정신을 차리지 않으면 안 되겠더군요. 사부님 말고 그런 작자가 있다니…… 지금도 생각하면 등골이 서늘합니다."

"그 정도였나? 천하의 독존과 비교할 정도로?"

"형님은 안 겪어봐서 모르십니다. 사부와 견줄 정도가 아니었다면 어디 천살맥과 폭호대가 그렇게 당했겠습니까?"

"하긴 그도 그렇군. 허허!"

사라마왕은 더 이상 의심을 거둔 듯 크게 웃었다.

무성은 무사히 첫 위기를 넘긴 것 같아 속으로 안도의 한숨을 내쉬었다. 그러면서 절대 긴장의 끈을 풀지 않겠노라 다짐했다.

"한데, 저는 앞으로 뭘 하면 됩니까?"

"응? 하던 거 마저 하면 되지 않나?"

무성은 담담하게 콧방귀를 꼈다.

"거 형님, 그동안 제 얘기를 뭐로 들으셨습니까? 이 아우, 앞으로 크게 할 일이 많은데 그런 자잘한 일을 해서야 되겠습니까?"

사라마왕은 한 대 얻어맞은 듯 고개를 절레절레 흔들었다.

"하여간 자네의 욕심은 끝이 없구만."

"제게 욕심을 빼면 뭐가 남겠습니까?"

"하긴 그도 그렇군. 음, 글쎄. 자네에게 줄 만한 마땅한 일이 뭐가 있는지 모르겠구만. 웬만한 중요한 일은 다른 마왕들에게 전가되었던 터라."

"대천마왕의 일을 제가 대리로 하면 안 되겠습니까?"

"자네가? 쉽지 않을 텐데? 일손도 달릴 테고."

"사실 줄곧 눈여겨보고 있었습니다. 따로 생각해 둔 사람들도 있고요."

사라마왕은 살짝 긴장한 표정이 되었다.

"설마 마왕들을 살피고 있었던 게냐?"

"예. 언제든 공석이 생길지 모르지 않습니까?"

"그럼 내 것도?"

무성은 말없이 웃었다.

"허! 이거 내가 그동안 호랑이 새끼를 키운 게 아닌가 모르겠어."

사라마왕은 혀를 가볍게 차더니 마음대로 하라는 투로 말했다.

"정 하고 싶으면 하시게. 어차피 누가 맡아도 맡았어야 하는 것이었으니. 하지만 주의하게. 마위경연까지 남은 시일은 닷새. 한 치의 실수도 있어서는 안 돼."

"알고 있습니다."

*　　*　　*

대천마왕이 하던 일은 내전 수비다.

외부로부터 침입자가 잠입하는 것을 걸러 내는 한편, 황족들의 보호도 겸했다.

마위연회가 다가옴에 따라 초왕부는 수많은 빈객들로 득

실거려 정신이 없을 지경이었다. 그중에서 간자를 추려내는 역할을 하는 것이다.

전자는 대게 사라마왕이 맡고 있으니, 후자에 충실하면 되었다.

무엇보다 무성이 이 일을 맡은 가장 큰 이유는 타인의 눈에 잘 띄지 않는다는 점이었다.

천살맥의 특성상 남들의 이목을 피해 활동하는 경우가 잦으니, 초왕부 내에서 일을 진행하려는 무성에게는 안성맞춤이었다.

'우선은 내부 구조부터.'

초왕부를 제집처럼 누비고 다니려면 구조도를 파악하는 게 급선무였다.

구천마종의 손길이 닿아 있는 곳답게 초왕부는 복잡했다. 특히 전각 사이사이로 배치된 진법은 중원에서 보기가 힘든 특이한 성질을 자랑했다.

그러나 결을 꿰뚫어 보는 묵혈관법과 진실을 엿보는 영통안을 속일 수 있는 것은 없었다.

덕분에 무성은 거침없이 초왕부를 누비며 구조도를 머릿속에 담는데 성공했다.

첫날은 그렇게 지났다.

이틀째.

무성은 본격적인 탐사에 들어갔다.

'우선은 명서각(明書閣).'

소율한이 꼭 둘러보라며 언급한 전각은 총 세 개.

하루에 한 곳 꼴로 돌아다닌다 치더라도 봐야 할 것이 너무 많다. 그중 첫 번째로 점찍은 명서각은 초왕부가 전국 각지에서 모은 주요 책자들이 망라된 서고였다.

하지만 이곳에는 남들이 모르는 특징이 있었다.

'구천마종의 모든 눈이 모여 있다는 거지.'

구천마종이 중원으로 돌아오기 위해 벌인 물밑 작업은 무신련이 예측하는 것을 훨씬 초월할 정도로 대단하다.

곳곳에 지부를 설치해 눈을 달아 두고, 그들을 서로 연결시켜 갖가지 정보가 모이도록 만든다. 물론 버젓이 대놓고 활동을 하면 무신련의 이목을 피할 수 없으니 무신련의 손길이 닿지 않는 영역에 손댔다.

바로 황궁이다.

제아무리 무신련이 세상에 무서울 것이 없어도 황궁과 관부까지 건드릴 수는 없지 않은가.

구천마종은 이 위에 탑승, 중원으로 들어올 수 있게끔 기회를 엿보았다. 이때 나서서 가장 크게 도와준 이가 초왕이었다.

'초왕은 무신 밑에 자식을 제자로 보냈으면서도 오래전부터 야별성과도 끈을 대고 있었어. 무림인을 믿지 않는 황족 특유의 특성이라고 봐야겠지.'

무성은 아침 일찍 명서각 주변에서 대기했다. 무영화흔의 성취는 이미 경지에 달해서 아무도 그의 종적을 읽지 못했다.

'전서를 관리하는 자는 청해맥(靑海脈)의 대수마왕(大水魔王). 그는 매일 아침 묘시마다 명서각에 들러 밤새 도착한 파발과 전서를 확인한다. 이제 나올 시간이야.'

곧 명서각 밖으로 멀대 같이 큰 키에 얼굴에 검버섯이 울긋불긋 핀 노인이 나왔다. 대수마왕이었다.

그는 따라 나온 수하에게 몇 가지를 지시하고 다시 바삐 어디론가 이동했다. 눈이 뻐근했는지 검지와 엄지로 쉴 새 없이 눈덩이 주변을 매만졌다.

무성은 그의 기척이 사라지는 것을 확인, 곧 대수마왕으로 변용을 시도해 전서각으로 들어섰다.

"조, 종주님! 여긴 또 왜?"

마침 대수마왕이 지시한 바를 이행하려고 분주하게 돌아다니던 마인이 화들짝 놀랐다.

무성은 짜증 가득한 얼굴로 소리쳤다.

"방금 전에 내가 준 것 있지?"

"예, 예?"

"귓구녕이 썩었나! 왜 똑바로 못 알아들어! 방금 전에 준 것 있지 않냐고!"

"예! 여, 여기에 있습니다."

대수마왕은 성격이 예민해서 걸핏하면 화를 퍽퍽 낸다고 한다. 확실히 수하는 별다른 의심 없이 쏜살같이 달려와 손에 쥔 서류를 내밀었다.

무성은 신경질적인 태도로 확 하고 빼앗으며 눈대중으로 내용을 살폈다. 묵혈관법이 다른 어느 때보다 크게 확장되어 서류에 있는 내용을 도면 그대로 머릿속에다 심었다.

내용은 알아보기가 힘들었다. 그들 특유의 은어나 암어로 구성되어 있었다. 다만, 정해진 란에 비슷한 문양이 많은 것으로 보아 '승낙'이나 '확인' 같은 뜻이 아닐까 하고 추론하는 것이 고작이었다.

"무, 무슨 문제라도 있는지요?"

"내가 자네에게 그걸 일일이 말해 줘야 할 정도로 할 일이 없어 보이나?"

"아, 아닙니다! 저, 저는 그저 혹시 일을 실수했나 싶어……."

"됐고. 이거 연통, 어디서 왔었지? 청해였나?"

"가, 감숙이지 않았습니까?"

'감숙? 청해가 아니라? 감숙에 뭐가 있는 거지?'

분명 구천마종과 면밀히 연락을 주고받는다. 어쩌면 야별성의 본거지가 어디인지 확인할 수도 있을 듯싶었다.

"앞장 서!"

"예?"

"젠장! 너 정말 모가지 잘리고 싶어? 대체 오늘 하루 같은 말을 몇 번 되풀이하게 만드는 거야? 내가 이 나이에 앞장서야 해?"

"아, 아닙니다!"

수하는 후다닥 발걸음을 옮겼다. 무성은 고의로 발을 내디딜 때마다 힘을 줬다. 심기가 적잖게 쌓여 있는 듯한 태도로. 덕분에 수하는 쫓기기에 급급해 별다른 생각을 하지 못했다.

수하는 이 층 서고의 좌벽으로 이동했다. 벽에 걸린 액자를 살짝 옆으로 틀자, 창가 옆으로 벽면이 열렸다. 위쪽으로 향하는 계단이 드러났다.

녀석은 이 이상 안내할 자격이 없는지 옆으로 비켜나 공손하게 고개를 조아렸다. 행여 대수마왕의 심기를 더 자극할까 싶어 식은땀을 잔뜩 흘려 댔다.

"넌 여기서 내가 나올 때까지 대기하고 있어. 다른 사람들이 오면 즉각 알리고!"

"옙!"

무성은 군기가 바짝 든 수하를 뒤로하고 계단을 따라 올라갔다.

위에는 다섯 평 남짓한 크기의 방이 있었다. 이 층과 삼층 사이에 교묘하게 만들어진 밀실 천장에는 대각선으로 살짝 구멍이 나 있어 비둘기가 드나들 수 있도록 만들었다.

좌측 벽면에는 수십 마리의 비둘기들이 각각 새장에 갇힌 채로 구구구, 소리를 냈다.

반대로 우측 벽면에는 서고가 기다랗게 놓여 있었다.

서고에는 갖가지 전서들이 정리되어 꽂혀 있었다.

살짝 확인해 보니 서류는 각 지역에 따라 철저하게 분류되어 있었고, 그 안에서도 지부나 분타에 따라 다시 세세하게 나눠져 있어 한눈에 파악하기가 좋았다.

문제는 전서에 적힌 내용이 방금 전에 확인한 전서와 마찬가지로 은어나 암어 따위로 적혀 있다는 점이었다.

시간만 충분히 주어진다면 규칙성을 토대로 비밀을 밝힐 수도 있을 것 같았지만, 시간이 촉박했다.

무언가를 찾으러 온 것처럼 와 놓고서 한참 동안이나 이곳에 박혀 있을 수는 없는 노릇이었다.

결국 무성은 도중에 계획을 바꿨다.

'전부 확인할 수 없다면 중요한 것만 파악해야 해.'

무성은 상자에 따라 분류된 서류 중 가장 위에 있거나 앞에 있는 것들을 쭉 살폈다. 구천마종과 야별성의 동향을 읽으려면 최신자부터 확인했다.

내용을 알 수 없지만, 일정한 암어가 적힌 전서들이 머릿속에 단단히 각인된다.

묵혈관법으로 사고가 넓어지고, 상단전을 깨우치면서 기억력이 비정상적으로 발달했으며, 영통안을 얻어 요체를 파악하는 능력을 얻게 된 그로서는 암기가 그리 어렵지 않았다.

그렇게 얼마를 살폈을까?

"마, 마성맥 종주께서 여긴 어인 일로······."

갑자기 계단을 따라 수하의 목소리가 들렸다. 일부러 언성을 키운 것으로 보아 그에게 들으라고 하는 듯했다.

'신타마왕이 왔다고?'

신타마왕은 성격이 음험하고 의심이 많은 자다. 괜히 꼬투리가 잡히면 귀찮아질 수 있었다.

무성은 확인하던 서류를 모두 가지런히 정리하고 화가 단단히 난 어투로 벽을 발로 걸어찼다.

"젠장! 대체 어디에 있는 거야!"

쿵, 쿵, 그는 씩씩거리면서 계단 아래로 나왔다.

밖에는 수하가 식은땀을 줄줄 흘려 대면서 신타마왕 앞에서 쩔쩔매고 있었다. 신타마왕의 얼굴이 노기로 잔뜩 젖은 것으로 보아 뭔가를 단단히 꾸지람을 주는 듯했다.

수하는 무성을 발견하고는 마치 산삼이라도 찾은 심마니처럼 안색이 확 밝아졌다.

신타마왕은 살짝 놀란 얼굴이 되었다.

"자네가 왜 여기에 있나? 분명 방금 전까지 건청궁(乾淸宮)에서 전하를 배알하고 있지 않았었나?"

"잠시 나왔네. 전하께 보고 드릴 것 중에 빠진 내용이 있어서 확인하러 온 것인데 영 찾을 수가 없어."

무성은 적당히 둘러대고는 쌜쭉하니 입술을 삐죽 내밀었다.

"그러는 자네는 또 왜 여기에 있어? 그리고 왜 남의 수하에게 이래라저래라 하는 게야?"

"나야 벌건 대낮에 전서실의 암문이 열려 있으니 놀라서 그런 것 아니겠나."

"내가 잠시 열어 두고 있으라고 했어. 들어갔다가 또 나오려면 귀찮잖아."

"쯧! 고약한 성질 머리 하고는."

"자네가 할 소리는 아니지."

"그래서? 찾을 건 찾았나?"

"말도 마. 대체 어디다 처박아 놨는지 보이지도 않아. 이래서 늙으면 뒈지던가 해야지 원."

"찾는 게 뭔가? 찾으면 전해 주겠네."

"됐어."

무성은 귀찮다는 듯 손사래를 치고 휘적휘적 다시 제 갈 길을 갔다. 그러다 우왕좌왕 하는 수하를 보며 버럭 소리를 질렀다.

"네놈은 멍청하게 거기 서서 뭐하고 있어! 어서 문 닫고 따라오지 않고!"

"예!"

수하는 신타마왕에게 넙죽 인사를 하고는 부리나케 무성의 뒤에 찰싹 달라붙었다.

"흐음."

신타마왕은 가만히 사라지는 두 사람의 뒤를 지그시 바라보다가, 닫힌 암실의 문을 다시 열었다.

그그극!

먼지를 잔뜩 뿌리는 암실 계단 쪽으로 걸음을 옮기며 작게 중얼거렸다.

"무슨 꿍꿍이인지 알아봐야겠군."

'뭔가 눈치챘나? 아니면 그냥 마왕들끼리 하는 단순한 견제일까?'

무성은 다시 화우만천으로 돌아와 길을 걷기 시작했다. 무영화흔으로 움직이는 모습은 신출귀몰해서 어느 누구도 그의 행적을 읽을 수 없었다.

'조금 더 조심을 기해야겠어.'

무성은 화우만천의 방으로 몸을 날렸다.

머릿속에 담은 것들을 정리할 만한 조용한 장소가 필요했다.

*　　*　　*

사흘째, 새벽.

무성은 밤새 연구한 끝에 몇 가지 결론을 내렸다.

"감숙에 무언가가 있어."

무엇이 있는지는 모른다.

야별성의 본거지일 수도 있고, 성라칠문의 한 문파가 있을 수도 있으며, 혹은 구천마종과 마찬가지로 일련의 병력들이 침공을 위해 따로 규합되어 있는지도 모른다.

확실한 것은 감숙에 아주 큰 무언가가 웅크리고 앉아 단숨에 무신련이 있는 하남까지 치닫고 싶어 한다는 것.

이 사실은 최대한 빨리 무신련에 흘릴 필요가 있었다.

그리고 한 가지 더.

"구천마종은 이번 마위연회에서 무언가를 획책하고 있어. 단순히 선전포고나 개파식의 개념을 넘어서서 앞으로 벌어질 야별성의 계획이나 초왕부의 행사와 긴밀히 연결되어 있어."

구천마종이 무엇을 획책하는지는 알 수 없다.

다만, 초왕부와 결탁한 이유는, 초왕부가 단순히 황궁이기 때문에 무신련의 이목을 피하기 쉬워서가 아니라, 초왕부가 앞으로 무언가를 하려는 일과 의견이 맞았기 때문이다.

그리고 그 배경에는 야별성이 있었다.

"문제는 그 내용을 알 수가 없어."

생각보다 암어를 푸는 것은 어려웠다.

대체 어떤 구조로 되어 있는 것인지, 웬만한 규칙이라면 묵혈관법을 통해 풀 수 있을 텐데도 모든 해독이 불가능했다.

그래도 일부 알아낸 바가 있었기에 뜨문뜨문 단어를 조합해 이 정도라도 유추한 것이었다.

"뭔가 터뜨리려 하고 있어. 뭔가를."

무성은 눈을 가느다랗게 좁혔다.

창문 너머로 어떤 건물이 보였다.

높다란 건물이 줄지어진 초왕부 내에서도 유독 높게 지어진 건물. 궁전이었다.

"저곳을 뒤져 보면 조각을 조금 더 맞출 수 있겠지."

두 번째 탐색 장소는 건청궁이었다.

초왕부의 주인. 초왕과 가족들이 머무는 거처.

당연히 어제보다도 더 조심히 움직일 수밖에 없었다.

그래서 그는 다른 어느 때보다 더 역용에 주의를 기울였다.

그가 역용한 모습은 건청궁을 지키는 금위영의 무사였다. 물론 금위영 역시 구천마종의 손길이 닿아 전부 마공을 익히고 있었다.

"교대일세."

"음? 벌써 시간이 그렇게 되었나?"

"연회가 가까워지니 좀 더 **빡빡**하게 돌아다니라는 대장의 지시일세."

"젠장! 또 며칠은 집에 가기 힘들겠군. 수고하게."

"자네도."

무성은 아주 자연스럽게 문가를 지키는 보초 역할을 떠맡았다가, 순번 시간에 맞춰 소피를 본다는 핑계를 대고 안으로 들어가 일꾼의 모습으로 변장을 하며, 마지막엔 환관으로 역용했다.

처음 무성이 초왕과 구대마왕들을 만났던 정자에 있었던 그 환관이었다.

본래 주인은 이미 밖으로 나돌고 있는 것을 확인한 후였다. 환관들이 머무는 처소에서 적당한 옷을 가져와 변복을 하고 궁궐 내부로 들어섰다.

확실히 초왕을 바로 옆에서 호종했던 자답게 관직이 높은 듯했다. 지나치는 환관이며 궁녀들마다 서로 고개를 조아리며 지나갔다.

무성은 적당히 고개를 끄덕이는 것으로 대답을 대신했다. 이 환관에 대한 것은 크게 들은 바가 없었던 터라 말투나 습관을 연기하기가 까다로웠다.

'어디에 있는 거지?'

무성이 중점으로 살피는 곳은 초왕의 자식들이 머무는 방이었다.

보통 왕과 왕자, 공주들은 머무는 처소는 따로 떨어져 있기 마련이다. 하지만 초왕의 자식 사랑이 너무 유별난 터라, 업무나 정사를 돌보는 일이 아니면 다들 건청궁에서 머문다고 했다. 주익의 죽음 이후로 생긴 변화였다.

'정확하게는 구천마종이 보호하기 쉽도록 해 놓은 것일

테지만.'

건청궁 주변으로 기운을 갈무리한 기척이 많다. 전부 구천마종의 마인들이다.

녀석들 중 일부는 무성의 일거수일투족을 면밀히 살피는 자들도 있었다. 당연히 행동에 더 각별히 조심을 기할 수밖에 없었다.

'대체 어디에 있는 거지?'

무성은 찾는 곳이 나타나지 않자 점차 조바심이 들었다. 이 얼굴의 주인이 언제 돌아올지 모르는 판국에 자꾸만 시간을 허비할 수가 없었다.

그때였다.

"이 태감."

뒤쪽에서 익숙한 목소리가 들린다.

무성은 본능적으로 자신을 부른다는 사실을 알고 걸음을 멈춰 서 몸을 돌렸다.

"예이. 전하. 부르셨사옵니까?"

복도 끝, 초왕이 한쪽 방에서 나오고 있었다.

'칠까?'

하지만 무성은 고개를 저었다.

건청궁 주변으로 보이지 않는 눈길이 너무 많은데다가, 초왕을 없앤다 한들 구천마종의 음모까지 모두 분쇄할 수 있는 것은 아니었다.

시간 지연만 될 뿐이다. 게다가 야별성에 도리어 경각심만 심을 수 있었다.

초왕을 치는 것은 이후다.

녀석들의 꿍꿍이를 알고 난 후.

"혹 황 별장(別將)이 어디에 있는지 아는가?"

황 별장. 화우만천을 가리킨다.

"최근 빈객들의 수가 자꾸 늘어나 그들을 감시할 것이라고 오늘 아침에 보고를 올렸사옵니다."

"음, 그럼 내가 직접 그리로 가야 하나?"

"어찌 전하께서 거동을 가벼이 하시려 하시옵니까? 소신에게 말씀하시옵소서. 소신이 황 별장에게 이야기를 전하겠사옵니다."

"아닐세. 이따 저녁 회의 때 내가 직접 전하지."

"예이."

무성은 붙잡지 않았다.

눈치로 보아 초왕이 그에게 별도로 지시를 내리고 싶은 게 있는 듯했지만, 어차피 저녁이 되면 알 수 있는 일이었다.

"그리고 하남으로 납채를 보낸 건은 어찌 되었나?"

'하남으로 납채를?'

이건 쉽게 흘러들을 수가 없었다.

하남에는 무신련과 기왕부, 그리고 귀병가가 있다.

초왕부로서는 정적과 원수 등 숙적들이 떼거리로 우글거리는 지역이니, 이들을 공략하기 위해서 깃발을 하나쯤 꽂아두는 건 나쁘지 않았다. 특히 혼담을 통한 혈맹(血盟)은 초왕으로서 최고의 무기일 터.

'어디지? 초왕이 손을 내뻗을 만한 곳이? 정주유가도 지워진 마당에 초왕의 눈에 찰 만한 곳이 있나?'

기왕과 손을 잡으면서 대략적으로나마 조정의 파벌 다툼에도 어느 정도 숙지를 해 놓았었다. 하지만 마땅히 떠오르는 곳이 없었다.

"근래 일이 바빠 따로 챙기지 못하였사옵니다. 밑에 일러 일의 경과 보고를 곧 올리도록 하겠사옵니다."

"그래 주게. 제아무리 기왕이 제 주제를 모르고 큰 꿈을 꾸고 있다고는 하나, 자신에게 원자(元子)가 없는 이상 가망이 없다는 것을 모를 정도로 아둔하지는 않을 터. 이번 제의가 그로서도 나쁘지는 않을 게야."

순간, 무성의 눈이 커졌다.

'설마 납채를 한 곳이 기왕부?'

판단이 빠르게 선다.

'차기 황권에 기왕이 가장 가까우면서도 매번 초왕과 비

교되었던 이유는 아들이 없기 때문이었어. 반대로 초왕에게
는 아들이 많으니 그중 하나와 짝을 지어 주어 원자를 생산
하고, 그 아이에게 황권을 주자 약조를 한다면……!'

정치에 영원한 적은 없다.

하물며 기왕이 현재 초왕과 전쟁을 불사할 각오로 황도
로 이동했다 하더라도, 초왕이 이렇게 한 발 물러서서 화해
의 동작을 보인다면 자신도 물러설 수밖에 없다.

'조심해야 해.'

무성은 등골이 서늘해지는 기분이었다.

벽해공주가 귀병가에 머물고 있다지만, 기왕이 마음만 먹
는다면 귀병가의 등에다 비수를 꽂는 것쯤은 전혀 무리도
아니었다.

"곧 보고를 올리겠사옵니다."

"그래. 수고하시게."

초왕은 휘적휘적 다시 제 갈 길을 갔다.

무성은 아랫입술을 깨물었다.

자신이 저들을 쓰러뜨리기 위해 암중에 움직이는 동안,
저들 역시 자신의 목젖을 틀어쥐기 위해 마수를 뻗어 오고
있었다.

좀 더 서둘러야 했다.

'여기다.'

다행히 얼마 가지 않아 목적지인 삼왕자의 방을 찾을 수 있었다.

삼왕자 치평군.

초왕은 슬하에 사남칠녀를 두었던 바. 그중에서도 치평군이 가장 명석하다고 한다. 아직 태자 책봉을 하지 않았지만, 가장 유력한 후보라고 했다.

'구천마종과의 연대를 추진하고 그들을 진두지휘하는 이역시 삼왕자라고 했으니, 이곳을 확인해 본다면 무언가가 나올 거야.'

다행히 치평군은 요 며칠 간 부재중이었다.

무성은 영통안을 크게 키워 내부를 면밀히 살폈다.

혹 다른 암실로 이어지는 기관 장치는 없는지, 따로 숨겨 둔 주요 서류는 없는지.

하지만 반 시진 가까이 뒤져도 치평군의 방에서 나오는 것이라고는 몇 가지 자잘한 서류들 뿐.

마치 깔끔한 주인의 성격을 반영이라도 하듯이 방은 먼지 하나 나오지 않고 말끔했다.

이대로 별다른 소득이 없는 듯하자, 마음이 급해졌다.

그때 서고 한쪽 귀퉁이에 살짝 벌어진 틈새 사이로 무언가가 비쳤다.

손을 가져가 보니 아주 얇은 목판으로 덧댄 흔적이 있었다. 그것을 살짝 뜯어 열어 보니 안에 얇은 굵기의 책자 하나가 교묘하게 숨겨져 있었다.

'이거다!'

본류야행(本流夜行)

전혀 뜻을 알 수 없는 이름이다.

내용을 살피려 책자를 열어 보는데, 갑자기 밖으로 이쪽으로 다가오는 기척이 느껴졌다.

탁!

문이 열리는 것과 동시에 무성은 책자를 황급히 품속으로 밀어 넣었다.

"여기서 뭘 하는 게냐?"

'또 이자인가?'

신타마왕이었다. 명서각에서 방해를 하더니 우연히 여기서도 마주쳤다. 하지만 별다른 말을 하지 못했다. 그의 옆에는 오만한 얼굴을 지닌 다른 사내가 서 있었다. 마치 주익의 연장판 같다.

이왕자 산해군(山海君)이다.

"전하께서 지시하신 것이 있으셨사옵니다."

"아바마마께서?"

순간, 산해군의 두 눈이 이글거렸다. 질투다.

"아바마마께서 또 치평군에게 무엇을 시키려 하시더냐?"

"말씀드릴 수 없사옵니다."

"어허! 여기가 어디 안전이라고!"

신타마왕이 버럭 소리를 질렀다.

하지만 무성은 살짝 어깨만 떨 뿐 꿋꿋하게 버텼다. 실제 이 태감이라 해도 이랬을 것이다. 아직 태자로 책봉을 받지 못한 이상, 왕자는 친왕을 바로 옆에서 호종하는 태감을 무시하지 못한다.

"그럼 소인은 일을 끝냈사오니 이만 물러나겠사옵니다."

무성은 재빨리 건청궁을 벗어났다.

무성은 화우만천의 숙소로 돌아와 엉겁결에 가져온 본류야행을 꺼냈다.

"오늘 소득은 이게 전부로군."

조금 속이 쓰리다.

어제 알아낸 것에 이은 단서를 찾으려 했는데 역시나 생각보다 쉽지가 않다.

하지만 책자를 펼치는 순간, 무성의 생각은 단번에 뒤집혔다. 역시나 암어로 구성되어 있었지만 어느 정도 해독을 하고 나니 재미난 내용이 나왔다.

　　명부.
　　화산 이원신검(二元神劍).
　　무당 천류도봉(天流道封).
　　……
　　태극문 문주 외(外) 칠십이 인(七十二人).
　　……

그리고 보이는 마지막 문구.

　　청성 청운비호 이학산.

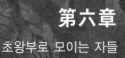

第六章

초왕부로 모이는 자들

　나흘째가 되었다.

　"역시 단전이 꿈쩍도 안 하나?"

　운기행공을 끝내고 난 후, 무성은 살짝 이맛살을 찌푸렸다. 대천마왕의 마병이 남기고 간 마기의 잔재는 단전에 단단히 똬리를 틀고 나서 일절 꿈쩍도 않았다.

　도리어 처음보다 더 단단하게 결집되었다. 아무리 두들겨 봐도 흠집 하나 나지 않았다.

　다행히 금구환이 다시 염력과 연동되면서 마기를 묶어 상황이 더 심각해지지는 않았지만, 여전히 무위를 되찾는 데는 많은 어려움이 따랐다.

'혹시 변령귀귀공 같은 마공이라면 도움이 좀 될까?'

그런 생각도 해 보았다.

처음 가면인들을 만났을 때 느꼈던 의문.

변령귀귀공의 정체가 무엇일까?

소율한은 이렇게 대답했다. 천축에서 유래한 마공이라고.

하지만 생각도 잠시.

마위경연이 이틀 앞으로 다가온 지금, 우선 처리해야 할
일도 많았다. 무성은 주먹을 세게 쥐었다.

사라마왕은 무성의 등을 떠밀었다.

"아우가 할 일은 간단하네. 객들의 면면을 살피고 적아를
구분하면 되는 것이야. 어렵지 않지?"

"속내를 읽으란 말씀인데, 그건 원래 형님이 하셔야 할 일
아니오?"

"어허! 우리 사이에 섭섭하게 이러긴가? 지금 사군들 전부
죽어 나간다네. 좀 도와주시게."

"하지만 저는 사군들과 달리 법술에 대해 아는 바가 없지
않습니까?"

특술맥은 무공보다는 저주와 사술 등에 특화가 되어 있
다. 초왕부 전체에 진법을 설치하고 모종의 법술을 뿌려둔
것도 모두 그런 이유에서였다.

현재는 접객장에서 빈객으로 찾아오는 자들에게 몰래 법술을 건다.

과연 기감이 예민한 고수들이나, 구대문파 같이 법술에 일가견이 있는 도교 및 불교 문파들에게도 통할지는 의문이었지만, 화우만천에게는 전혀 논외적인 분야였다.

하지만 사라마왕은 끈질겼다.

"이미 필요한 건 거의 끝났다네. 자네는 그냥 명부 작성만 하면 되는 게야."

"하아! 알았습니다. 하지만 저도 일이 바빠요. 오전만 도와드릴 겁니다."

"고맙우이!"

일에 차질이 생겼지만, 무성은 기회라 여겼다.

'잘 되었어. 소천혈검 등과 접촉할 방법이 필요했는데. 그리고 연회에 참석하는 면면도 살필 수 있고.'

사라마왕은 무성을 정문 앞에 두고 자신은 할 일이 있다며 훌쩍 떠나 버렸다. 정문 앞에 놓인 줄은 엄청 길었다.

혼란이 생기지 않도록 금위영 무사들과 정체를 숨긴 마인들이 바삐 움직인다.

사람들은 비교적 그들의 의도에 잘 따랐다. 제아무리 안하무인인 무인이라 할지라도 황위에 가깝다는 친왕이 머무는 거처 앞에서는 저절로 주눅이 들 수밖에 없었다.

사람들의 면면도 제각각이었다.

대다수가 한 탕을 노리고 온 낭인이거나 왕부의 고위인사에게 눈 들려는 상인들이다.

하지만 개중에는 제법 뛰어난 기도를 갈무리한 고수들도 더러 있었다. 구대문파의 인물로 보이는 자들부터 술사들까지 종류도 다양했다.

특히 몇몇은 주변의 눈치를 살피며 초왕부를 살폈다. 딱딱한 동작으로 보아 변복만 하고 있을 뿐, 딱 보아도 관직에 종사하고 있는 사람이었다.

'무림인을 대대적으로 수용하겠다는 초왕의 의지에 다른 왕부들도 견제를 하고 있어. 황궁에서 온 사람들도 있으려나?'

이미 동창의 첩형이었던 나옥과도 칼을 겨뤄 보지 않았던가. 기왕이 현재 내거는 명분, '초왕이 반역을 시도한다'는 내용을 확인하기 위해 정주유가의 끈이 닿지 않은 동창 위사 몇몇이 온다고 해도 전혀 무리는 없었다.

황궁, 관청, 왕부, 무림, 상계까지.

그야말로 초왕이라는 거대한 코끼리의 움직임은 천하를 술렁이게 만들었다.

'이런 식으로 행사를 요란하게 하면 세간의 이목이 자신에게로 집중된다는 이점도 있어. 민중을 잡을 수 있다면, 초

왕으로서는 이번 연회가 득이 되면 되었지 전혀 나쁠 것이 없지.'

이제야 초왕이 그리는 그림이 언뜻 보이는 듯하다.

그는 황위뿐만 아니라 무림까지 제 손에 넣고자 했다.

그야말로 천하, 그 자체를 원하는 것이다.

무성은 눈을 가느다랗게 좁히면서 수많은 사람들의 손길을 거친 방명록을 보았다.

벌써 권수만 해도 열 권이 넘어가는 방명록들은, 이번 연회가 얼마나 거창한 지를 짐작케 해 주었다.

그중 하나를 집어 명단을 살폈다.

'역시 있어. 대부분은 왔지만, 아직 중요한 인물은 안 보이는군.'

무성이 확인하고 싶은 이름은 본류야행에서 언급된 이름들이었다. 몇 개가 보이긴 했지만, 굵직한 인사들은 아직 보이지 않았다.

'문제는 이게 뭘 뜻하는지가 알 수 없다는 거지.'

단순히 야별성과 뜻을 같이 하기로 한 인들의 인명록일 수도 있고, 반드시 이번 연회에서 몰래 제거해야 할 살생부일 수도 있다. 아니면 단순히 주의해야 할 고수 명단일 수도 있다.

그래도 없는 것보다 나았기 때문에 우선 은어 해독이 끝난 본류야행을 품 안에다 숨겨뒀다. 다행히 삼왕자는 연회가 본

격적으로 시작될 때에나 돌아온다고 하니 그동안 들킬 염려
는 없었다.

수많은 인파들이 방명록에 이름을 기입한다.

대다수가 과연 칼을 제대로 잡아보기는 했을까 싶을 정도
로 어색하기 짝이 없는 삼류 낭인들이다.

무성은 그중에서도 눈에 띄는 이들의 면면만 유심히 기억
해 뒀다.

"오오오오! 도사님들이다!"

"무량수불. 무량수불."

"화산이다! 무당도 같이 있어!"

그때 인파가 숙덕대기 시작했다.

모두가 행동을 멈추고 뒤를 돌아본다. 접객을 하던 금위영
무사들도 하나같이 멈춰 서 그쪽을 보았다.

바다가 갈라지듯, 인파가 좌우로 갈린다.

본래 신분 고하에 관계없이 선착순대로 줄을 서서 방명록
에 이름을 기입하고 방을 안내 받는 것이 절차였다.

하지만 사람들은 그런 규칙마저 잊어버린 듯, 자신의 자
리를 비켜 그들을 앞으로 보내는 것을 전혀 이상하게 여기지
않았다.

도리어 그들을 발치에서나마 볼 수 있다는 사실에 감격하
는 이들도 있었다.

인파 사이로 느긋이 걸어오는 무리는 두 부류였다.

좌측은 자색의 무복을 입어 전반적으로 날카롭고 험준한 느낌을 자아냈고, 우측은 청색으로 빛나며 부드러운 인상이 강했다.

화산과 무당.

당금 검에 있어서는 최고봉을 자랑하는 명문, 구대문파 중에서도 수좌에 꼽히는 이들이 아닌가.

비록 무신련의 등장과 함께 그 의미가 많이 퇴색되었다고는 하나, 여전히 두 문파가 강호에 미치는 영향은 아주 컸다.

'역시나 왔어.'

본류야행에도 언급된 이들이니 놓칠 수가 없다. 특히 화산과 무당은 무성과도 간접적으로나마 연관이 있었다.

과거 귀병가가 무신련을 쓰러뜨리기 위해 쌍존맹을 끌어들였을 당시, 검룡부에서 파견한 부대에 의해 무당파가 처참하게 망가지고 일부 생존자들이 화산으로 피신하지 않았던가.

들자 하니 최근에는 무당산을 수복하는데 성공하긴 했지만, 여전히 당시에 입은 피해를 복구할 길이 없어 많이 힘들어 한다고 했다.

'이번 행사를 통해 여전히 무당파가 굳건함을 알리고 재기의 전환점으로 삼으려는 것이겠지.'

노림수는 대략 눈에 보였다.

화산이 참여한 이유도 크게 다르진 않다.

'아직 강북에는 쌍존맹의 잔존 세력들이 많아. 그들의 후방 원조를 완전히 끊어 버리는 방법으로 초왕부와의 연대도 괜찮은 것일 테니까.'

무당파가 무신련과 긴밀한 관계를 유지하는 것과 다르게 화산파는 그동안 봉문을 택해 왔다.

하지만 다시 기지개를 켠 이때, 그들이 무신련의 대항마로 끌어들일 수 있는 곳으로 초왕부가 눈에 들어왔을 것이다.

그들도 바보가 아니고서야 최근 초왕부와 무신련 간의 께적지근한 관계를 잘 알 테니.

어느덧 화산과 무당의 무리가 앞까지 당도했다.

그동안 오만한 태도로 방명록을 쓰라던 관인도 지금은 벌떡 자리에서 일어나 공손한 태도로 그들을 맞았다. 예부터 종교 집단이기도 한 구대문파는 민(民)과 관(官)을 가리지 않고 두루두루 존경을 받았다.

무성도 관인을 따라 예를 갖췄다.

가장 먼저 청색 집단, 무당의 대표가 나섰다.

태극문양이 그려진 도복에 상투를 틀고, 따스한 미소가 인상적인 중년인이었다.

"이곳에다 이름을 기입하면 되는 것이오?"

"예. 여기에 소속 문파와 이름을 쓰시면 됩니다."

"그럼……!"

관인의 안내에 따라 중년인은 먹을 머금은 붓을 오른손으로 받고, 왼손으로 소매를 거두며 기품 있는 자세로 방명록에다 이름을 기입했다.

과연 부드러운 태극을 추구한다는 도인답게 마치 봄바람에 흔들리는 버드나무처럼 수려한 명필이었다.

　　무당 백산 진인(白山眞人) 외 사 인.

'천류도봉 금호!'

무성은 중년인 도사의 정체를 알고 살짝 눈을 떴다.

무당파는 검룡부와의 충돌 이후 장문인과 함께 대부분의 장로를 잃었다고 들었다.

그중 유일하게 생존자들을 이끌고 탈출한 이가 바로 금호였다. 백산 진인은 최근 도적에 이름을 올리면서 얻은 그의 도명이었다.

"오오오!"

"허허! 못난 솜씨외다."

백산 진인은 별것 아니라는 듯이 손사래를 쳤다. 하지만 입가에 미소가 맺힌 것이 아주 뿌듯해한다는 것을 알 수 있었다.

"흥!"

그때 화산파에서도 장년인이 코웃음을 치며 나오더니 붓을 빼앗듯이 가져가 일필휘지로 이름을 적어 넣었다.

화산 청백 도장(靑栢道場) 외 삼 인.

'이원신검이야. 이걸로 본류야행의 주요 인물들이 거의 다 온 셈인가?'

백산 진인의 필체가 수려하다면, 청백 도장의 필체는 꼿꼿하다. 마치 잘 벼린 창칼을 꽂은 것처럼 손을 갖다 대면 금방 베일 것처럼 날카로웠다.

"허허허! 과연 도장이오. 이렇듯 글씨에 예사롭지 않은 예기가 느껴지는데 어찌 세상 사람들이 도장을 존경하지 않을 수 있을까?"

백산 진인이 부드럽게 웃으며 말한다. 하지만 청백 도장은 대답하기 귀찮다는 듯이 고개를 옆으로 돌렸다.

"어디로 가면 되느냐?"

마치 제집에 온 것처럼 안하무인적인 태도.

옆에 있는 무당파도, 이곳이 왕부라는 사실도 그의 눈에는 차지 않은 듯했다.

아니나 다를까.

무당파 진영 내에서 제자 몇몇이 얼굴이 뻘겋게 달아올랐다. 뭔가 한마디 쏘아붙이고 싶어 하는 눈치였지만, 백산 진인이 부드럽게 웃으며 달랬다.

'역시 두 곳 간에 갈등이 없을 리가 없지.'

쫓기듯이 달아난 무당파가 화산 내에서 얼마나 군식구 취급을 받았을지 눈에 보듯 뻔하다. 자존심 하나로 살아가는 화산파는 두말할 것이 없다.

"허허! 진인께서는 뭐가 그리도 급하십니까? 간만에 나온 먼 길이 아닙니까? 천천히 하시지요. 천천히. 아직도 시간은 많답니다."

그때 두 무리 사이로 나이 지긋한 노인이 휘적휘적 걸어 나왔다. 새하얀 도복을 입은 그는 있었는지조차 가물가물할 만큼 존재감이 부족했다.

하지만 무성은 노도사를 보는 순간 골이 울렸다.

'고수다!'

오늘날 무성이 목표로 삼은 존재는 검존과 창마다. 그런데 이 노인이 그에 못지않다.

"신인께서 직접 그리 말씀하시니 할 말은 없습니다만, 그래도 먼 길을 왔으니 어서 여장을 풀고 쉬고 싶은 것이 솔직한 제 심정입니다."

청백 도장이 한 발 물러선다. 그래도 두 눈에 어린 짜증은 지워지지 않았다.

"신인께서도 겪지 않으셨잖습니까? 마인들의 기습을. 그런 노골적인 자객들은 처음 보았습니다."

'마인? 기습? 내게 했듯이? 하지만 저들에겐 왜? 그럼 단순히 나와 소천혈검만을 걸러내기 위한 장치만은 아니었나?'

확실히 구천마종이 쳐 놓은 덫은 범위가 컸다. 무성 쪽으로 쏠리긴 했지만, 장사 입구로 들어서는 길목마다 설치되어 있었다면 다른 꿍꿍이도 있었다고 봐야 한다.

"필시 쌍존맹의 잔당들일 터인데, 이렇게 놈들의 앞마당까지 와 버렸으니 찜찜할 수밖에요."

노도사는 포근한 미소를 지었다.

"세상사 모두 제 마음 먹기 나름 아니겠습니까? 조금만 더 여유를 가지십시오, 진인."

"명심하겠습니다, 무량수불."

"무량수불."

청백 도장을 따라 도호를 외는 노도사의 모습은 천하를 유랑하며 세상 사람들에게 좋은 이야기를 설파하고 다니는 묵객의 것이었다. 하지만 무성은 그 허허로움 속에 숨겨진 진짜 모습을 보았다.

기도를 조용히 갈무리하고 있어 보통 사람들은 알 수 없을 것이나, 영통안을 통해 보이는 모습은 금방이라도 육신을 벗고 하늘로 훨훨 날아갈 것 같은 노도사였다.

허(虛).

그 단어가 가장 먼저 떠올랐다.

그 순간,

"음? 여기에 재미난 친구가 보이는구려. 역시 세상은 넓은 것 같으이."

"……!"

노도사와 무성의 눈이 마주쳤다.

무성의 한쪽 눈이 꿈틀거렸다.

"무슨 말씀이신지?"

노도사는 속을 짐작할 수 없는 미소를 지었다.

무성은 영통안으로 보고 있는 세상이 도리어 역전되어 자신이 노출된 것 같다는 기분이 들었다.

『제 길을 먼저 가 버린 숭산의 땡중이 후인에게 선물을 남겼다 들었는데, 여기에 있었구려. 하지만 그 선물은 그렇게 쓰는 것이 아니라오. 보다 더 근원적인 것에, 조금 더 깊은 곳을 보는 데 쓰기 바라오.』

무성의 눈동자가 흔들린다. 여태 아무도 눈치채지 못한 역용술을 처음으로 들켰다.

그런데도 노도사는 아무렇지도 않은 척 손을 내밀었다.

"붓을 주시구려. 이 늙은 말코도 부끄럽지만 객을 자청하는 이상 이름을 써야 하지 않겠습니까?"

노도사는 방명록에다 이렇게 썼다.

　　종남 구양자(九陽子)

본류야행에는 없는 이름이었다.

*　　*　　*

'역시 명문의 저력은 깊어.'

무성은 소림에서 느꼈던 바를 다시 뼈저리게 느꼈다.

당시 홀로 소림을 격파할 때 느꼈던 산문의 깊이는, 이곳
에서도 여지없이 실감할 수 있었다.

귀병가가 가야 할 길.

그 길을 구대문파가 제시해 주는 건 아닐까?

화산, 무당, 종남의 인물들이 모두 안으로 들어가고 소란
은 다시 잠잠해졌다.

하지만 곧 새로운 풍파가 몰려왔으니.

"청성파다!"

"우와! 아미파야! 저분이 여승이신가? 나 저렇게 아름다운
비구니는 처음 봐!"

'왔군.'

이학산과 홍가연이다.

이학산은 여전히 속을 짐작키 힘든 미소로 환대하는 사람들과 일일이 눈을 마주쳤다. 그때마다 꺄악! 하는 여자들의 소리가 곳곳에서 울렸다.

홍가연은 이런 소란이 귀찮은 모양이다. 내내 뚱한 표정을 짓고 있었다.

그 뒤로는 열댓 명의 낭인이 시종처럼 따랐다.

그중 한 사람과 무성의 눈이 마주쳤다. 무언의 의사를 보내는 그에게 무성은 고개를 끄덕이는 것으로 대답을 대신했다. 역용을 한 소율한과 마구유 무리였다.

"여기다 이름을 기입하시면 됩니다."

이학산은 안내에 따라 방명록에다 '청성 이학산'이라고 적었다.

붓을 건네받은 홍가연은 잠시 무성을 보고는 고개를 갸웃거렸다. 알 듯 모를 듯한 묘한 표정을 짓더니 이학산을 따라 '아미 홍가연'이라고 기입했다.

일행들은 전부 무성이 딴 곳에서 일을 진행하는 줄로만 안다. 화우만천으로 역용한 사실을 아는 이는 소율한밖에 없었다.

소율한은 다시 한 번 무성과 눈짓으로 대화를 나누고 붓을 놀렸다.

동시에 재빨리 입을 열었다.

『뭔가 알아낸 게 있나?』

『줄 게 있소.』

순간, 소율한이 균형을 잃고 앞으로 넘어졌다.

"어이쿠!"

탁상이 쓰러지면서 방명록과 먹, 붓이 우당탕탕 쓰러졌다.

관인들이 황급히 모여 자리를 정리한다.

소율한은 연거푸 '죄송합니다, 죄송합니다'라고 사과를 했다. 혼란스러운 사이에 무성은 소율한의 지시에 따라 슬쩍 옆으로 다가온 마구유 손에 본류야행을 쥐어 주었다. 마구유는 재빨리 본류야행을 봇짐 속에 숨겼다.

일이 끝난 것을 안 소율한은 '낭인 소율한 외 십일 인'이라고 적고 안으로 들어섰다.

'이제 할 일은 얼추 끝났나?'

소율한이라면 본류야행에 적힌 명부가 무슨 뜻인지 눈치채고 예방을 준비할 것이다.

무성이 안도의 한숨을 내쉬려던 그때였다.

"와아아아아!"

갑자기 저만치 먼 곳에서 사람들의 환호 소리가 들렸다. 웅성대는 여파는 역병처럼 퍼져 단숨에 정문 입구까지 치달았다. 때마침 통과하려던 이학산 등도 걸음을 멈추고 의문 가득한 얼굴로 뒤쪽을 보았다.

화산과 무당 등이 나타났을 때보다 열렬한 환호성.

"직접 가서 무슨 일인지 알아봐."

"예!"

관인이 후다닥 그쪽으로 뛰어갔다. 그가 돌아오는 데는 그리 오래 걸리지 않았다. 중요한 것을 봤는지 안색이 많이 상기되어 있었다.

"누가 왔느냐?"

"무신련입니다! 무신련에서 사람을 보냈습니다!"

"그거야 어느 정도 예상하지 않았었나?"

"하, 한데, 무신련에서 온 사람이······!"

관인이 말문을 마저 잇지 못할 무렵, 어느덧 인파를 물리치며 대행렬이 점차 다가왔다.

척, 척, 백여 명이 딱딱 맞춰서 걸음을 옮길 때마다 사람들의 심장도 내려앉는 듯하다. 경건한 기세를 한껏 드러내며 움직이는 이들의 머리 위로 깃발이 힘차게 나부낀다.

무(武)

무신련을 뜻하는 단 한 글자에 사람들이 압도된다.

하지만 그들의 이목을 단연 집중케 하는 이는 백마에 올라타 대행렬의 가장 선두에서 천천히 움직이는 이었다.

두 눈을 두건으로 가려 앞을 보지 못하는 데도 불구하고 마치 훤히 앞을 보는 사람처럼 어렵지 않게 말을 몬다.

그에게서는 정갈한 기품이 묻어 나왔다.

"저 사람은……?"

"대공자야! 중천대호 말일세!"

"허! 차기 무신련의 주인이 직접 이곳까지 행차하다니. 평소 바깥나들이를 잘 안 하는 양반이라는 소문이 자자하지 않았었나?"

"초왕 전하께서 무신과 둘도 없는 지기라 하지 않는가? 그러니 당연히 손수 제자를 보낸 것이겠지."

"그렇군."

"그나저나 대단해. 세상에! 낭인들이며 구대문파, 거기다 무신련까지! 정신없다는 쌍존맹을 제외하면 당금 강호 전체가 초왕부로 오는 게 아닌가!"

중천대호 문인산이 점차 이곳으로 다가오고 있었다.

대행렬이 위풍당당하게 정문 앞에 도착할 때까지 무성은 아무 말도 하지 못했다.

'당신이 어떻게 여기에?'

시선이 문인산에게로 향한다.

몸이 좋질 않아 함부로 거동도 하지 못하는 이가, 만야월의 뒤를 쫓는다는 이가 여기에 직접 나타났다.

특히 문인산을 호종하는 이들은 무성과도 친한 홍운재의 네 장로들, 고황, 석대룡, 천리비영, 그리고 조철산이었다.

"화우만천······."

"당당하게도 버젓이 면상을 드러내는군."

무성과 눈이 마주친 장로들의 눈이 분노로 젖었다. 무성은 이들에게만은 자신의 정체를 알려 줄까 하다가 곧 생각을 거뒀다.

사실은 나중에라도 전해 줄 수 있지만, 자칫 실수라도 있으면 큰일이었다. 적을 속이려면 아군부터 속여야 하는 법이었다. 네 장로들은 무성이 자신들의 기세를 받고도 태연하자 눈썹이 꿈틀거렸다.

그때 문인산이 말했다.

"안에 들어가 초왕 전하께 전해 주시겠나? 무신련에서 사람이 왔노라고."

"이미 안에 기별을 보냈습니다."

"고맙네."

"방문객은 이곳에다 이름을 적으셔야 합니다. 직접 적으시겠습니까?"

"보다시피 눈이 좋지 않아서. 자네가 대필해 주겠나?"

무성은 묵묵히 방명록에다 '무신련 문인산 외 일백이 인'
이라고 기입했다.

"한데, 말일세."

"예."

"우리 혹시 만난 적이 있었나?"

문인산이 묘한 표정으로 묻는다. 입가에 담담하게 지은 미
소는 마치 뭔가를 꿰뚫어 보는 듯하다.

항상 이랬다. 이 사람은.

무성은 충동적으로 나올 뻔한 말을 가까스로 참으며 고개
를 저었다.

"처음 뵙습니다."

"그런가? 그렇다면 미안하네. 내가 아는 사람과 목소리나
느낌이 너무 비슷해서 말일세."

문인산이 난감하다는 듯 검지로 볼을 긁적였다.

곧 왕부에서 사람이 헐레벌떡 뛰어왔다. 그는 무성의 귀에
다 작게 속삭였다.

무성은 알겠다고 고개를 끄덕이고는 이렇게 말했다.

"전하께서 직접 빈객 분들을 맞이하시겠노라고 전하셨습
니다. 안으로 드시지요."

第七章

실혼제명술(失魂制命術)

초왕은 문인산과 나란히 앉아 다도를 즐겼다.

"차향은 어떠신가?"

"좋습니다."

"다행이군."

"다만, 조금 무겁군요."

"어쩔 수 없지 않나? 내가 가는 길이 절대 가벼울 수 없는 것을."

"그래서 저들을 택한 것입니까?"

"자네들이 도와주질 않으니 어쩔 수 없지 않나?"

"아쉽습니다."

"나 역시 마찬가지라네."

차에 관한 이야기는 곧 무신련과 야별성의 관계로 이어진다.

동시에 그들을 제외한 공간 내에서 보이지 않는 기세 다툼이 벌어졌다.

문인산의 뒤에는 홍운재 장로들이, 초왕 뒤편에는 구대마왕이 기세를 뿌렸다.

무공을 익히지 않은 초왕을 배려해 그에게는 미치지 않도록 주의를 기울였지만, 두 진영은 한시도 밀리지 않는 팽팽한 접전을 벌였다.

문인산은 초왕이 내준 용정차를 한껏 음미하다가 조심스레 찻잔을 내려놓았다.

"차, 잘 마셨습니다."

"그래. 과인도 이 시간 즐거웠다네. 먼 길을 오느라 피곤하실 테니 들어가 쉬시게."

축객령이었다.

＊　　　＊　　　＊

문인산 등은 초왕이 내준 거처로 이동했다.

문인산은 길목 곳곳에 배치된 화원에서 풍기는 향을 음미하며 길을 걸었다.

반대로 장로들은 수시로 주변을 살피기에 바빴다.

어디에 마인들이 배치되어 있는지, 왕부 내에 수상쩍은 기관 장치가 매설되어 있지는 않은지, 진법이 가동되고 있지는 않은지, 만약 적이 기습을 해 온다면 전략적 배치는 어찌해야 하는지를 면밀히 따졌다.

이곳은 호랑이 아가리 속.

사신으로 왔다고 하지만 잘못하면 위험해진다.

석대룡은 종잇장처럼 인상을 와락 찌푸렸다.

"대공자, 이제 어쩔 참이신가?"

"어쩌긴요. 계속 지켜봐야지요."

"흐음!"

얼마 전, 그들은 만야월을 뒤쫓던 와중에 재미난 사실을 발견했다.

만야월이 초왕부로 이동한 것이다.

이에 그들은 즉각 사신 행렬을 꾸렸다.

"만야월은, 찾을 수 있겠나?"

"이미 찾았습니다."

"뭐?"

"그뿐만이 아닙니다. 벽력보도 보이는군요. 꽃향기로 가려 놓았지만, 화약 냄새가 살짝 납니다. 거기다 이곳을 대부분 차지한 곳은 만야월이 아닙니다."

"그럼?"

"구천마종입니다."

"……!"

"미치겠군. 첩첩산중이라더니!"

"성라칠문 중 세 곳이 이곳에 있다?"

"예."

"미쳤군!"

"하지만 어디까지나 주는 구천마종이며, 만야월과 벽력보는 보조로서 이들을 지원해 주는 정도입니다."

"지금이라도 사람을 밖으로 보내야 하지 않겠나?"

문인산은 고개를 슬쩍 들었다. 그러면서 주변을 둘러본다. 분명 맹인인데도 불구하고 그에게는 세상이 또렷하게 잘 보이는 것 같았다.

"아시지 않습니까? 우린 이미 감옥에 들어왔단 것을."

"제길!"

도처에 마인들의 눈이 깔려서 그들을 감시한다. 이들만 해도 이가 악물리는데, 그 뒤편으로 만야월까지 숨어 있으니 밖으로 소식을 전하는 것은 무리였다.

무엇보다 이곳은 왕부다.

방어적인 성향으로 검을 뽑으면 모를까, 이곳에서 칼부림을 부렸다가는 단숨에 역적이 되고 만다.

"어렵게 생각지 마십시오. 어차피 우리의 목표는 어디까지나 만야월을 잡는 것이 아닙니까? 나머지는 그대로 두십시오."

"하면? 뭔가 꿍꿍이 속내가 있을 구천마종과 벽력보는? 누가 막는단 말인가?"

"그야 원래 맡기로 되어 있던 아이가 있지 않습니까?"

그제야 누군갈 떠올린 장로들은 안도에 찬 표정을 지었다.

"그 아이도 왔을까?"

"왔을 겁니다. 아마 어디선가 우리를 보고 있겠지요."

"나쁜 것. 노인네들이 먼 길을 달려왔는데 즉각 와서 차라도 대접하지 않고. 우리가 그동안 너무 편하게 대해 준 게야. 끌끌끌!"

툴툴 대면서도 장로들은 웃음꽃을 폈다.

문인산은 말없이 자신들이 지나온 입구 쪽으로 고개를 돌렸다.

*   *   *

홀로 남은 방.

초왕은 이미 다 식어 버린 차를 두고 곰곰이 생각에 잠기다 곧 검지로 탁자를 두들겼다.

탁!

그러자 스르륵, 허공에서 그림자가 하나 떨어졌다.

허리가 살짝 굽은 노인, 신타마왕이었다.

"부르셨사옵니까?"

"놈들은?"

"모두 거처로 들어갔사옵니다."

"감시를 철저히 해야 할 것이다."

"이미 소신 휘하의 마성맥으로 하여금 주변을 둘러치게 하였사옵니다. 비록 신주삼십육성 중 다섯이 있는 저들을 당적하지는 못할 것이나, 발목을 잡는 정도는 되니 걱정하지 않으셔도 되옵니다."

"수고하였다."

신타마왕은 나타났을 때처럼 조용히 사라졌다.

이번에 초왕은 중지로 탁자를 두들겼다.

공간을 열며 우람한 체구를 자랑하는 장년인이 나타났다. 그는 마치 전장을 전전하는 장수처럼 절도 있게 한쪽 무릎을 찍으며 부복했다.

용혈마왕. 소율한과 마구유를 쫓아내고 혈악맥의 주인이 된 자였다.

"하명하시옵소서."

"지금까지 모인 면면은 어찌 되는가?"

"무당, 화산, 청성, 아미, 종남 등 구대문파에서는 다섯이 참여하였고, 태극문, 천라문, 신검보 등 신흥 세력들이 가담하였으며, 그 외 이천 명이 넘는 낭인들이 모였사옵니다."

"그중에 가릴 만한 자들은?"

"많사옵니다. 구대문파와 신흥 세력에서 보낸 사신들은 대게 자파를 상징하는 무인들이었고, 낭인들 중에 쓸 만한 자들은 일백이 조금 넘었사옵니다."

"기대했던 것보다 많은 수치로군."

"모두 전하의 홍복이옵니다."

"이쪽의 병력은 어찌 되지?"

"본종의 마인 일천 명이 전하의 명에 대기 중이고, 만야월의 섬월요(纖月曜) 삼백 명과 벽력보에서 지원한 화기와 기관 장치가 가동 중입니다."

순간, 용혈마왕의 두 눈이 투지로 일렁였다.

"전하께서 결단만 내리신다면 당장에라도 놈들을 깡그리 밀어 버릴 수 있사옵니다."

"그들은 과인의 손님으로 찾아온 자들이다. 고래로 군주를 찾아온 빈객들을 함부로 내치는 것은 예가 아닌 법이지."

"소신의 실언에 용서를."

"되었다. 그대의 자신만만함을 알게 되었으니. 그동안 잘 준비하였구나. 이만 가 보아라."

용혈마왕도 물러선다.

초왕은 마지막으로 엄지로 탁자를 두들겼다.

어둠이 마치 바람에 흔들리는 휘장처럼 크게 출렁이더니 한 바퀴 휘감기며 사람으로 변했다.

사라마왕이 고개를 숙였다.

"준비는?"

"모두 끝마쳤사옵니다. 미혼향(迷魂香)을 머금은 꽃들이 사방에서 향을 뿌리고, 황황진(遑遑陣)이 완성을 끝냈사옵니다. 전하께서 하명만 하신다면, 소신과 휘하 특술맥 술사들이 일제히 기도를 외워 저들에게 전하의 위대함을 각인시킬 것이옵니다."

사라마왕은 숨을 한껏 들이켰다가 내뱉듯이 외쳤다.

"저들 모두가 전하의 충실한 심복이자 죽음을 불사하는 군대가 되어, 태양이 되고자 하시는 전하, 아니, 폐하의 행보에 밑거름이 될 것이옵니다! 만세, 만세, 만만세!"

사라마왕은 바짝 바닥에 엎드리며 만세삼창을 외쳤다.

만세란 천자(天子)에게만 가능한 것.

일개 친왕이 받는다면 반역이나 다름없다.

그러나,

씨익!

어둠 속에서 초왕은 이가 훤히 드러나도록 웃었다.

소리 없는 웃음을.

*   *   *

　본류야행의 의미를 알았다. 살생부다.

　혈랑단원 중 하나가 몰래 손에 쥐고 간 쪽지는 그렇게 시작되었다.

　구천마종에서 너와 나를 잡겠다고 천라지망을 동원했던 거 기억나나? 사실 그건 정확하게 놈들이 고수들을 '걸러내기' 위해서 만든 장치였다. 한번 찔러 보고 반드시 마위경연에서 제거해야 할 대상과 주의해야 할 대상 등을 구분 짓기 위한 장치.

　전자는 본류아행에 기술된 자들. 그리고 후자는 포섭되거나, 혹은 세뇌를 걸 예정인 듯하다. 네가 준 자료들을 살펴보니 어느 정도 단서가 맞아떨어지더구나. 모두 실혼제명술(失魂制命術)을 위한 것들이다.

실혼제명술.

고수들을 한데 모아 제압하고, 그들에게서 이지를 빼앗아 꼭두각시로 만든다. 중원에서는 퇴출된 지 오래된 방문좌도의 법술이다.

무성은 쪽지를 모두 확인하고 입에 넣어 삼켰다.

'역시.'

이제야 놈들의 노림수를 알게 되었다.

무성도 그렇지 않을까 하고 예상은 했었다.

특술맥이 부리는 사술의 종류나, 마인들이 취급하는 물건들이나, 왕부 곳곳에 설치된 진법을 통해서.

'마위경연이 시작되면 늦어져. 그 전에 손을 써야 해.'

이미 소율한과 혈랑단도 움직이기 시작했다.

우선 이쪽은 기관과 진법을 지우겠다.

무성은 혈랑단이 움직이기 쉽도록 본류야행 안에다가 지난 며칠 간 초왕부를 거닐면서 파악한 구조도와 각 진법과 기관의 위치를 상세히 그려놓았다.

많은 손님들을 맞느라 정신이 없는 혼란스러운 상황을 틈타 지금쯤 착실히 제거해 나갈 것이다.

그럼 이쪽에서도 나서야 하지 않겠는가.

'초왕을 제거한다.'

어차피 이 모든 일의 구심점은 초왕.

그가 없어진다면 모든 게 순리대로 풀린다.

그렇게 움직이려는 그때,

"아우! 여기에 있었나? 내가 얼마나 찾아다녔는지 아는 가?"

갑자기 뒤편에서 사라마왕이 나타났다. 말처럼 다급하게 그를 찾아다녔는지 숨소리가 거칠었다.

"왜 그러십니까, 형님?"

"전하께서 아우를 찾으신다네."

"전하께서요?"

암살을 나서려는데, 목표가 이쪽을 찾는다?

초왕이 사실을 알 리가 만무하지만 뭔가 켕긴다.

"그렇다네. 역도 마라혈붕의 목을 자른 상을 지금 내리신 다는군. 내일부터 있을 마위경연에 직접 참여해 아우의 위신 을 천하 만방에 떨쳐 울리라고 하시더라고. 축하하네, 하하 하!"

사라마왕이 웃으며 다가온다.

하지만 여태 보였던 호감 가득한 미소가 아니다.

끈적끈적하고 사이한 뭔가가 있다.

무성은 본능적으로 한 발자국 물러섰다.

"거짓말이군."

"이런. 연기가 좀 어설펐나?"

사라마왕이 웃음을 뚝 그쳤다.

순간, 공기가 달라졌다.

우—웅!

무성을 둘러싼 환경이 변한다.

마치 새하얀 화선지 위에다 먹물을 뿌린 것처럼 색채가 빠르게 변해 간다. 전각군들이 싹 사라지고 대신에 따가운 바람만 부는 황무지가 드러났다.

기환진이 발동된 것이다.

'대체 어느 사이에?'

영통안은 진실을 꿰뚫는다.

그런데 진법이 설치되어 있는 것을 몰랐다고?

"하지만 전하께서 아우님을 보고자 하는 건 사실이라네. 그냥 조용히 있으면 편히 갈 것을 꼭 억지로 끌고 가게 해야 하나?"

스르르!

황무지 위로 거품이 올라오더니 곧 사람으로 변했다. 특술맥의 술사, 사령이었다.

따라랑…… 따라랑…….

주변을 따라 종소리가 마구 울려 퍼진다.

어느덧 사라마왕의 손에는 여태 보지 못했던 종이 들려 있었다.

무성은 본능적으로 알아차렸다.

'저것이구나. 이 진법의 원인이.'

대천마왕이 들고 있던 마병. 모양은 달라도 그것과 같은 성질을 담고 있다.

하지만 어처구니가 없었다.

진법을 인위적으로 일으킬 만큼 대단한 마기를 머금은 무기라니.

"언제부터 알았지?"

더 이상 사실을 감추는 건 무의미하다.

무성은 천변만화공을 풀어 본래대로 돌아왔다.

사라마왕의 두 눈이 가느다랗게 좁혀졌다.

"얼마 되지는 않았다네. 그렇지 않다면 내가 그동안 아우님을 그렇게 도와주려 했겠나? 사실 지금 나는 단단히 짜증이 난 상태야."

화우만천과 사라마왕의 관계는 돈독했던 것 같다. 그런 아우가 죽은 것으로도 모자라 농락되었다는 사실이 그를 분개하게 만든 것일 테지.

무성은 영통안으로 진법의 허실을 판단하는 동안, 육안으로 사라마왕과 사령들을 확인했다.

"이들만으로 날 상대할 수 있을 것 같나?"

허세다.

무성은 아직 마기를 제거하지 못했다. 본래의 몸 상태라면 어렵지 않지만, 지금은 힘들다.

"그럴 리가. 단신으로 천살맥 살수 나부랭이들을 모조리 때려잡은 자네가 아닌가? 아무런 힘없는 우리 술사들만 왔겠나?"

하지만 사라마왕은 도리어 코웃음을 치더니 다시 한 번 종을 흔들었다.

따라랑…….

그러자 뒤쪽 공간이 살짝 일그러지면서 일백 명에 달하는 마인들을 토해 냈다.

"드디어 만났구나, 놈!"

여태 무성이 돌아다니는 곳마다 나타났던 신타마왕이 아니었던가.

"그쪽이로군."

"그래. 그렇게 대 놓고 수상쩍게 활동하고 다니는데 누가 모를 수 있을까! 게다가 네놈이 건넸던 시체. 거짓이라고 판단이 난 지 오래다."

대체 어디서부터 잘못된 것일까?

명서각? 건청궁? 아니면 접객 때?

그러다 한 가지에 생각이 미친다.

지금쯤 한창 뛰어다니고 있을 혈랑단. 소율한과 마구유 등은 어떻게 되는 거지?

"설마?"

신타마왕이 차갑게 웃는다.

"네 동료들을 말하는 거냐? 그거라면 걱정하지 않아도 된다. 지금쯤 세 사형제들이 모두 감격스러운 상봉을 맞이하고 있을 테니까."

"……!"

＊　　＊　　＊

"손한!"

마구유가 원한을 가득 담아 상대를 노려본다.

무성이 표시해 준 진법 구조도에 마인들이 함정을 파고서 기다리고 있다는 사실쯤은 아무렇지도 않다.

지금은 그저 스승을 해한 원수에게 분노를 토했다.

"쯧! 이사형은 나이만 먹었지, 속은 여전히 어린아이로군. 간만에 만난 사제에게 해 줄 말이 그렇게 없소? 그래도 지난 날의 정리를 생각해서 직접 온 것인데."

용혈마왕이 냉소를 흘린다.

소율한은 손바닥으로 얼굴을 가리고 있었다.

용혈마왕은 엄숙한 표정으로 마구유와 소율한 등을 둘러싼 혈악맥의 마인들에게 외쳤다.

"본맥을 어지럽힌 반도들을 세상에서 지우라."

파밧!

칼바람이 불었다.

*　　*　　*

무성은 조용히 기수식을 취했다.

아무럼 어떨까. 이미 일이 이렇게 되어 버린 것을.

지금은 탈출부터 신경 써야 했다.

상태는 좋지 않으나, 최악이라고 할 만큼은 아니다.

'먼저 신타마왕부터!'

펑!

사용할 수 있는 내력에는 한계가 있으니 우두머리부터 쳐야 한다.

신타마왕은 무성이 이렇게 빠를 줄 몰랐던지 몸을 돌리며 부랴부랴 육장을 내밀었다. 그의 손은 흑색 수투로 감싸져 있었다. 마병이었다.

콰콰쾅!

"흡!"

신타마왕은 무성의 공세가 생각보다 대단했던지 헛바람을 들이켜며 널찍이 튕겨 났다. 입가에는 선혈까지 흘러내릴 정도였다.

대기하고 있던 마인들이 움직인다.

놈들은 무성의 발목을 잡으려 했지만 역부족이었다.

쉭!

무성은 그물망을 유유히 빠져나가는 물고기처럼 쉽게 빠져나오며 쉴 새 없이 신타마왕을 밀어붙였다.

가아아!

그때 사라마왕이 검지를 입에다 갖다 붙이며 의미를 알 수 없는 주문을 외웠다.

기환진 사이로 흐르는 공기가 무거워진다.

폐부를 짓누른다. 호흡이 달리자 금방 체력이 달렸다.

무성은 몸에다 쇠사슬을 칭칭 감은 것 같은 통증에 왼손으로 영검을 뽑아 사라마왕에게로 던졌다.

사라마왕은 미처 영검과 직접 부딪칠 생각을 하지 못했다. 마병을 가른 검이니 쉽지 않을 것이라 판단, 대신에 손가락을 뒤집으면서 다른 주문을 외웠다.

그그극!

땅이 흔들리면서 모래벽이 솟구쳤다. 영검은 모래벽과 충돌하자마자 터져 나갔다. 모래벽 역시 힘을 잃고 우르르 무너졌다.

무성은 사라마왕이 잠시 움직이지 못하는 틈을 타서 신타마왕에게 새로운 공격을 가했다.

쐐애—액!

무성이 마지막 남은 한 가닥 희망에 기대며 몸을 돌린다. 영검이 매섭게 회전을 하면서 신타마왕의 목을 베어갔다.

녀석이 장저(掌底)를 치켜든다.

영검과 육장(肉掌)의 충돌!

콰르르!

아쉽게도 영검은 신타마왕의 목을 베지는 못했다.

하지만 괄목할 만한 성과는 이뤘다.

"아, 안 돼! 마병이! 내 마륜투(魔輪套)가……!"

마병의 아랫부분이 잘게 잘려 나갔다.

거기서 마기가 줄줄 새어 나왔다. 아주 미세한 양이었지만, 물을 담은 장독대가 새기 시작하면 금이 점차 커져가듯 마병의 균열도 조금씩 커졌다.

마기는 신기하게도 흩어지지 않고 강변을 따라 흐르는 물줄기처럼 움직이다 무성에게로 다가왔다.

무성은 움찔했지만 피하지는 않았다.

한 번 잡은 승세를 놓칠 수 없다. 영검을 폭풍처럼 휘몰아

치는 와중에 마기는 조금씩 입, 코, 귀를 따라 들어왔다.

그사이에도 신타마왕은 마병으로 계속 영검을 막아 내다 마병의 균열만 키웠다.

'끝이다!'

체내에 쌓인 마기의 양이 많아지며 상대적으로 운용할 수 있는 공력의 양도 적어졌다. 여태 잠잠했던 마기가 꿈틀거리면서 다시 활동을 시작했다. 단전을 장악하려 들며 기맥에 범접하기 시작했다.

무성은 마지막 일격이라 여기고 이를 악물었다.

신타마왕의 정수리 위로 영검이 떨어졌다.

녀석의 얼굴이 경악으로 잠기는 순간,

"거기까지!"

콰쾅!

갑작스레 공간을 뚫고 튀어나온 우악스러운 손길에 영검이 폭죽처럼 터져 나갔다.

이어서 기환진의 공간을 강제로 찢으며 거구가 튀어나왔다.

부리부리한 눈매가 인상적인 자다. 눈으로만 봤던 용혈마왕이었다. 듣자 하니 대종주를 제외하면 그가 마왕 중에서 가장 강하다던가.

'하필이면 이때……!'

무성의 안색이 창백해지며 피를 토한다.

이를 악물며 용혈마왕을 노려보았다. 녀석의 키가 얼마나 큰 지 한참이나 올려다봐야 했다.

"과연 눈빛이 살아 있는 자라더니 대단하구나. 그동안 야별성과 본종을 농락할 만큼 그럴 자격이 있다. 하지만 그런 재롱도 거기까지다."

용혈마왕은 위풍당당한 기세를 한껏 드러내며 왼손에 쥐고 있던 것을 무성의 발치에다 던졌다.

데구루루.

그것을 확인한 무성의 눈이 커졌다.

소율한을 비롯한 혈랑단의 머리통이었다.

"어떻게……!"

"참으로 아둔하더구나. 우리들이 빈객으로 온 이들 개개인에게 눈을 붙여 뒀던 것을 몰랐더냐? 보아하니 수상쩍은 행동을 보이기에 뒤를 밟았더니 꽤 재미난 일들을 하고 있더군."

"당신의 사형이잖아?"

"사형이었지."

과거형이다.

"나와 사문을 배반한 더러운 배신자."

용혈마왕의 두 눈이 차갑게 빛난다.

무성은 거기서 뭔가 아귀가 맞지 않는다는 느낌을 받았다.

하지만 이미 소율한은 죽었고 임무는 실패했다.

따진들 뭐가 달라질까.

"겁쟁이 하나가 쥐새끼처럼 겨우 도망쳤지만, 그도 곧 어렵지 않게 잡을 수 있을 터. 그대의 꿍꿍이는 모두 끝났다, 마라혈붕. 순순히 목을 내놓아라."

무성은 이를 악물었다.

'무언가 방법이 있을 거야. 방법이.'

본래의 무위를 되찾는다고 해도 세 명의 마왕을 물리칠 수 없을 거란 건 잘 알고 있다.

그래도 이렇게 힘없이 당하지는 않을 거다.

'금구환. 금구환만 어떻게 할 수 있다면……!'

금구환은 여전히 밝은 빛을 뿌려 댄다. 하지만 마기가 단전을 완전히 틀어막고서야 어떻게 기운을 뽑아낼 도리가 없다.

지하수가 샘솟는 입구를 진흙으로 막은 것과 똑같다.

차라리 갑자기 지하수가 폭발해 진흙을 모조리 부숴 버리면 모를까.

'폭발?'

순간, 무성의 머릿속으로 무언가가 스쳐 지나갔다.

잡힐 듯 말 듯 하면서도 아지랑이 같은 어떤 것.

깨달음의 실마리였다.

'금구환은 내단이야. 나는 그동안 금구환의 기운을 아주 조금씩 녹이면서 사용하고 있었고. 금구환을 완전히 소화하고 싶어도 역량이 부족해서 그러질 못했어. 하지만…… 하지만 그 금구환이 부서진다면?'

생각이 깊어진다.

그사이 용혈마왕이 서서히 다가왔다.

그의 눈에는 무성이 영락없이 힘을 잃고 허탈함에 젖은 것으로만 보였다.

"당장 죽이지는 않을 거다. 전하께서 너를 가장 보고 싶어 하시니."

손을 높이 들고서 점차 무성의 얼굴을 덮어 간다.

'해 보자!'

무성은 모든 염력을 단전으로 집중했다. 여태 그랬던 것처럼 금구환을 자극하는 것이 아니라, 이번에는 마기를 건드렸다.

마구 날뛰고 싶어 하는 마기의 분출 방향을 기맥이 아닌 단전 안쪽으로 유도한다.

그리고…… 충돌시킨다!

쾅!

마기 덩어리가 공력에 반발하면서 금구환과 부딪쳤다.

무성의 몸이 펄쩍 위로 튕겼다. 안에서 생긴 폭발이 얼마나 큰지 몸이 흔들리고 귀가 윙윙 울릴 정도였다.

단전이 다치지 않았을까 하고 우려했지만 다행히 그 정도로는 꿈쩍도 않았다. 대신에 내상을 입어 울컥 하고 피를 토했다.

금구환은 금강석처럼 여전히 단단했다.

무성은 포기하지 않고 재시도했다.

쾅! 쾅! 쾅!

그때마다 선혈이 짙어진다.

금구환이 계속 흔들린다. 계속되는 충격에 표면에 아주 작게나마 자국이 생겼다. 여태 용해가 절대 불가능할 거라 여겼던 금구환에 처음으로 생긴 변화였다.

하지만 그 결과로 몸은 큰 내상을 입고 말았다.

몸이 발작한 것처럼 계속 떨리니 용혈마왕의 얼굴이 짜증으로 가득했다.

"내상이 심한 모양이군."

공력 고갈로 인한 단순한 주화입마로 여긴 모양이다.

용혈마왕의 손바닥이 천령개를 덮으려는 순간,

'이걸로는 부족해!'

무성이 와락 용혈마왕에게로 달려들었다.

"흥! 허튼짓!"

용혈마왕은 금나수를 거두고 대신에 양 팔뚝으로 무성의 허리를 감았다. 마치 뿔이 단단히 난 황소처럼 달려드는 무성을 그대로 위로 높이 들어 뒤로 냅다 꽂았다.

하지만 그것이 무성이 가장 바라던 바였다.

용혈마왕의 뒤편에는 겨우 숨을 고르고 있는 신타마왕이 있었다!

"아, 안 돼!"

순간 무성과 눈이 마주친 신타마왕이 본능적으로 비명을 질렀다.

용혈마왕도 뒤늦게 자신의 실수를 깨닫고 허리를 뒤집어 무성을 다른 쪽으로 던졌지만, 그보다 먼저 무성이 검결지로 신타마왕을 가리켰다.

부우——웅!

작게나마 금구환에서 떨어져 나갔던 영검으로 전환, 단숨에 공간을 가르고 신타마왕의 미간에 꽂혔다.

신타마왕은 본능적으로 주먹을 뻗어 영검을 막았다.

영주를 대충 얽혀 만든 것이다 보니 영검은 너무 허망하게 파스스 부서졌다. 하지만 마륜투에 새겨진 금 역시 커져 표면 전체로 퍼졌다.

파스스……!

마룬투 위로 마기가 올라온다.

신타마왕은 어떻게든 마병에 담기 위해 노력했지만, 마기는 유유히 손길을 피해 무성 쪽으로 한데 뭉쳤다.

때마침 무성은 허공에서 뇌려타곤의 수법으로 몸을 뱅그르르 돌면서 무사히 바닥에 착지, 동시에 입을 쩍 하고 벌렸다.

마기가 체내로 스며들며 단숨에 단전으로 직행했다.

'이거야!'

부족하다면 더 채우면 된다.

여기에는 마병을 지닌 마왕이 세 명이나 된다. 어디에서든 힘을 조달할 수 있는 것이다.

마병의 기운이 어째서 흩어지지 않고 무성의 체내에 쌓이는지는 알 수 없다.

처음 대천마왕의 마병에 꽂혔을 때 심어졌던 마기가 다른 마기들을 끌어들이는 것일 수도 있고, 여태 눈치채지 못한 금구환의 새로운 효능일 수도 있다.

이유가 어찌 되었건 간에 이것이 의미하는 바는 딱 하나.

지금의 난국을 타개할 수 있는 유일한 방법이란 것!

무성은 다시 염력을 가동했다.

이어지는 새로운 충돌!

콰콰쾅!

이번 결과는 이전보다 훨씬 컸다.

금구환의 조각 일부가 떨어져 나가면서 공력으로 변화, 기맥을 도도하게 누빈 것이다.

금구환의 기운은 신기다.

체력을 증강하고 정신을 맑게 한다.

"후우우!"

무성은 탁기와 피로를 짙은 한숨과 함께 모두 털어 냈다. 몸에 잔뜩 실린 힘을 바탕으로 바닥을 박찼다.

'먼저 약한 쪽부터!'

무성의 신형이 쭉 늘어난다.

"조심하시오, 신타!"

용혈마왕은 가장 먼저 무성의 변화를 눈치채고 신타마왕에게로 소리를 질렀다. 바보가 아닌 이상에야 가장 먼저 약한 쪽부터 공략할 것이 당연하지 않은가!

신타마왕은 헝겁지겁 주먹을 한데 끌어 모으면서 호신강기를 주변에 둘렀다.

마륜성벽(魔輪星壁)!

마성맥에서 자랑하는 가장 단단한 외공이다.

외피의 경기(硬氣)가 외부로 분출, 반구 모양을 이루며 적의 공격을 무효화시킨다.

그사이 무성이 바로 앞까지 치달았다.

신타마왕이 이를 악물며 이어질 공격에 대비했다.

더 이상 마륜투를 다치지 않겠노라 다짐하면서!

그사이 용혈마왕이 거칠게 달려왔다. 무성을 등 뒤에서 공격해 아예 더 이상 움직이지 못하도록 척추와 하체를 박살 내 버릴 심산이었다.

하지만 무성은 마륜성벽을 두들기지 않았다.

타닥! 휘리릭!

갑자기 마륜성벽 앞에서 도움닫기로 높이 떠오르더니 제비돌기를 하면서 신타마왕의 위로 사뿐히 넘어섰다.

얼빠진 신타마왕의 눈이 위로 향하다 뒤로 향한다.

다급히 달려오던 용혈마왕 역시 닭 쫓던 개처럼 무성의 이유 모를 행동을 지켜보다 뒤늦게 비명을 질렀다.

무성이 허공을 그대로 미끄러지더니 사라마왕에게로 치닫는 게 아닌가!

"사라마왕!"

"사라!"

뒤에서 기환진을 유지하고 동료들을 도와주기만 하던 사라마왕으로서는 날벼락이나 마찬가지였다.

주문을 외운다. 모래벽이 올라와 무성을 가로막는다.

하지만 무성은 영검을 내리쳐 모래벽을 부숴 버리고, 왼손으로 검결지를 짚었다. 이기어검이 화살처럼 쏘아지며 사라마왕의 심장을 노렸다.

따라랑!

사라마왕은 다급히 종을 꺼냈다. 무성에게 마병을 보이면 어떻게 되는지 알고 있었지만, 위기시에 그가 가장 믿을 수 있는 건 마병밖에 없었다.

종소리와 함께 생긴 음파가 이기어검을 분쇄했다.

하지만 그사이 무성은 사라마왕의 면전에 도착, 오른손으로 금나수를 전개해 마종(魔鍾)을 들고 있던 손목의 완맥을 틀어쥐고, 왼팔은 살짝 굽혀 팔꿈치로 놈의 턱밑을 후려쳤다.

쾅!

평소 몸 단련을 게을리했던 사라마왕의 머리가 수박처럼 터져 나갔다.

주인을 잃은 마종이 깨지면서 마기가 흩어져 무성의 칠공으로 빨려 들어갔다.

무성은 쉬지 않고 몸을 움직였다.

사령들 쪽으로 방향을 전환, 단숨에 세 자루의 이기어검을 뽑아 날렸다.

콰르릉!

사라마왕도 일격에 죽어 나갔는데, 휘하의 사령들이라고 버텨낼 재간이 있을까.

이기어검 두 자루는 꼬챙이 꿰듯이 사령들을 모조리 도륙내고, 남은 한 자루는 녀석들이 지키고 있던 진축을 세게 두들겼다.

이미 진법의 요체인 마종이 파괴되었으니, 진법은 삽시간에 무너져 내렸다.

와르르!

세상이 다시 반전한다.

황무지가 단숨에 사라지고 번잡한 왕부가 고스란히 드러났다.

주변에는 길을 지나다 갑작스러운 소란으로 놀란 무사들이 지켜보고 있었다. 그 옆으로는 용혈마왕이 끌고 온 혈악맥의 마인들도 여럿 보였다.

"놈을 놓치지 마라!"

용혈마왕의 사자후와 함께 마인들이 일제히 움직인다.

대기하고 있던 여러 마인들이며 만야월의 살수들까지 참여했다.

무성은 지체하지 않고 땅을 세게 박찼다.

휙!

그는 허공에 놓인 인의 장막 사이로 돌파, 이기어검을 뿌려 놈들을 튕겨 내면서 발을 쭉쭉 놀렸다.

                    *   *   *

　"놈을, 놓쳤다?"

　초왕의 눈가에 주름이 진다.

　신타마왕은 섣불리 답변을 할 수가 없었다. 여기서 잘못
대답하면 목이 무사하지 못했다.

　그저 초왕의 진노가 가라앉길 기다릴 뿐.

　"다행히 목격자가 적어 이 사실은 잘 알려지지 않았사옵
니다. 더불어 용혈마왕과 혈악맥에서 놈을 쫓고 있으니 곧
찾을 것이옵니다."

　"놈은 날래기가 쥐새끼 같아 여태 잡지 못하지 않았나?
이래서야 앞으로 대업을 앞두고 어찌 자네들을 신임하라는
거냐?"

　쿵!

　신타마왕은 두려움에 젖어 땅바닥에 머리를 찧었다.

　"부, 부디 분노를 거두어 주시옵소서!"

　"되었다. 궁의 경계를 강화하고 연회를 서둘러라. 이제부
터는 내가 직접 나설 것이다. 어차피 놈의 목표가 내 목에 있
는 이상 다시 돌아오게 될 터이니."

　"명을 받드옵니다!"

　초왕의 선언에 신타마왕의 몸이 부르르 떨렸다.

이제부터 구천마종의 행사는 초왕부가 주관한다. 즉, 초왕부가 구천마종을 거닐게 되는 것이다.

"그리고 치평군을 불러라."

그 말에 신타마왕은 드디어 올 것이 왔다는 생각에 눈을 질끈 감았다.

곧 도래할 초왕의 천하가 보이는 듯했다.

第八章

마위경연(魔位競演)

　무성은 초왕부의 구조를 파악할 당시에 눈여겨봐 두었던 은신처로 대피해 무영화흔으로 자취를 감췄다. 그가 마음만 먹는다면 제아무리 만야월이라고 해도 그를 찾지 못했다.

　추격이 더 이상 이어지지 않자 즉각 가부좌를 틀었다.

　몸 상태가 말이 아니었다.

　장기가 다치거나 경락이 허는 등 상처가 많았다. 곳곳에 생긴 멍울은 쉽사리 낫지 않을 것 같았다.

　보통 이럴 때 금구환의 신기가 올라와 상처를 보듬어 줘야 하지만, 단전 입구에 탁 틀어 막힌 마기가 출입을 쉽게 허락하지 않았다.

염력을 단전에 최대한 집중해 금구환의 신기를 세맥 사이
사이로 끄집어내는 방법밖엔 없었다.

'내일이면 마위경연이 시작돼. 그 안에 어떻게든 몸을 나
아야만 해.'

과정은 험난하기만 하다.

그래도 다행이라면 역전할 방법을 찾았다는 것일까?

'역시 변령귀귀공이 필요해.'

          *   *   *

닷샛날.

드디어 연회가 시작되었다.

고운 하얀 비단이 깔린 식탁이 끝을 모르게 이어져 구(口)
자 형태를 이루고, 그 위로 갖가지 미주가효와 산해진미가
올라왔다.

사방에 악사가 음을 연주하며 구자 안에 마련된 넓은 단
상 위로 무희들이 즐겁게 춤을 췄다.

빈객들은 각자 지정된 장소로 안내되었다.

소속이 없는 낭인들은 아래쪽에 배치되어 가진바 무명에
따라 자리가 상석에 앉게 되는 구조였다.

중소 문파는 중간 지점에 배치되었으며, 화산과 무당을

비롯한 구대문파는 초왕과 가장 가까운 상석에 위치했다.

도합 이천 명이 넘는 무인들이 돌아다니는 광경은 무신련이나 쌍존맹에서도 쉽사리 보기 힘든 것이었다.

초왕의 눈에 들거나 이참에 어떻게든 인맥을 쌓으려는 자들은 바삐 발을 놀리며 자신을 소개하기에 바빴다.

구대문파 등 초왕부의 초대를 받거나 속내를 읽으러 온 이들의 경우엔 표정이 진중했다.

'왕부 내에 돌아다니고 있는 금위영의 숫자나 무위는 절대 얕은 것이 아니다. 그런데도 대대적으로 무인들을 모집하겠다는 말은, 남의 눈치를 보지 않고 세를 계속 키워 나가겠다는 뜻……!'

모두가 두 눈을 시퍼렇게 떴다.

'초왕이 향하는 곳은 어디인가? 무림인가, 황권인가? 아니면 둘 다인가!'

초왕의 진정한 속내를 읽기 위해서.

그때였다.

갑자기 무희들이 춤을 멈추고 악사들이 음을 그쳤다. 중앙의 단상 위로 한 노인이 올라왔다. 뒷짐을 쥔 채로 천천히.

그를 발견한 사람들은 일제히 하나같이 하던 행동을 멈추고 그에게로 예를 갖췄다.

초왕.

이 연회의 주인이자, 당금 황위에 가장 가깝다는 자가 모습을 드러낸 것이다.

"모두 이렇게 과인이 만든 자리에 참석해 주고 즐겁게 보내는 것을 보니 마음이 뿌듯하도다. 오늘날 강상의 법도가 무너져 정국이 혼란스럽기만 한 이때, 그래도 천하가 이 정도나마 형태를 유지할 수 있는 것은 바로 그대들과 같은 충신과 협사들이 있어서가 아니겠는가?"

나지막한 목소리로 말을 꺼낸다.

분명 이 많은 사람들에게 모두 들리기엔 너무나 작다. 하지만 그 속에 담긴 위엄이 그들의 귀에 속속들이 꽂혔다.

"이에 평소 무림을 동경해 온 과인은 직접 그대들을 초빙하여 재주를 볼 수 있는 기회를 갖고자 하였다. 그리고 그 초대에 응해 주어 이렇게 감사하게 생각한다."

지금까지 꺼낸 말은 서두. 본론은 지금부터다.

"먼저 그동안 과인을 도와주었던 이들을 소개하겠다."

그 말이 끝나기 무섭게 객석 곳곳에서 몸을 던지는 이들이 있었다. 휙, 휙, 허공을 가로지르며 날아든 이들은 아주 사뿐히 초왕의 뒤편으로 시립했다.

그 숫자가 모두 일곱 명이었다.

"오오오!"

낭인들은 하나같이 탄성을,

"심상치 않은 자들이로군. 대체 저런 자들이 어디서 나타난 거지?"

고수들은 표정을 굳혔다.

그럴 수밖에 없었다.

하나같이 당장 풍기는 기운만 따지더라도 신주삼십육성과 비교해도 절대 뒤지지 않는 고수들이었으니.

그런데도 그들의 정체를 아는 이는 아무도 없었다.

"드디어 마각을 드러내는군."

무신련에서는 분노를 눈에 담았다.

그들만은 저들을 알아보았다.

어찌 모를까.

한평생 목숨을 걸고 싸웠던 숙적들이거늘!

"인사하여라."

초왕이 턱짓으로 가리키며 한 발 물러서자, 그들은 예를 갖추며 천천히 앞으로 나섰다.

하지만 무인들의 앞에 나타난 순간, 그동안 갈무리했던 기운을 단숨에 방출했다.

우우─웅!

"이, 이건……!"

"마기다! 마인이야!"

낭인들의 안색이 단번에 창백해진다. 구대문파의 사람들은 얼굴이 벌겋게 달아오른 채로 벌떡 자리에서 일어났다.

"오늘 이 자리에서 선언하노라."

구대마왕이 하나같이 입을 모아 말했다.

"구천마종이 다시 이 땅 위에 돌아왔음을."

"……!"

"……!"

좌중이 충격에 젖는다.

마인이라니!

무신련의 출범 이후로 마인이 종적을 감춘 지 수십 년.

이곳에 있는 이들 중 나이가 지긋한 이들을 제외하면 마인을 처음 보는 이들이 대부분이었다.

"과거 우리는 마인이라는 이유만으로 곳곳에서 멸시와 탄압을 받으며 근근이 맥을 이어야만 했다. 하지만 악착같이 살아남아 이 자리에 선 바."

무인들은 저마다 병장기로 손을 가져갔다.

마인은 절대 양립할 수 없는 존재.

만약 이곳이 왕부가 아니었다면 벌써 칼부림이 일어났으리라.

"하지만 복수는 또 다른 복수를 부를 뿐. 우리는 더 이상 피를 흘리고자 하지 않는다."

모두의 얼굴에 의문이 어린다.

마인이 피를 보지 않는다니?

"그대들과의 지난 악연을 모두 끊고서 강호의 새로운 일부로서 살아가고 싶은 것이 우리들의 의지다!"

그제야 사람들은 말뜻을 알아차렸다.

강호인으로서 살아가겠다!

강호의 구성원으로서 구대문파가 있고, 중소 문파가 있고, 수백 수천 개의 문파들이 존재하듯이 자신들도 그중 하나로 인정받고 싶다는 의미였다.

"하지만 지난날의, 사문의, 혈족의 원한이 있어 이를 용납하지 못하는 이들도 있을 터. 그래서 그들에 한해 딱 한 차례만 비무를 겨루자고 제의한다. 단 한 번의 싸움에 지난 원한을 모두 깨끗이 정리하는 것이다! 설혹 이곳에서 진다고 하여도 절대 복수란 없으리라고 천명할 수 있다!"

지난 모든 은원의 고리를 끊어 버리자!

그 외침에 사람들은 저마다 사문의 어른들을 보았다. 구대문파의 존장들은 하나같이 잔뜩 굳은 얼굴을 하며 갑작스레 터진 이 상황을 어찌 타개해야 할지 고민에 잠겼다.

초왕이 나섰다.

"이 자리는 과인이 주선했는바, 이곳에서 벌어진 일들에 대한 문책은 절대 없으리라 보증한다. 반대로 이 일을 두고

밖에서 사사로운 감정을 가져 일을 그르칠 시에는 과인의 의중을 저해하는 것으로 판단, 즉각 본인과 사문에다 책임을 물을 것이다!"

무사들의 눈이 시퍼런 빛을 토했다.

'이것은 개파식이다! 구천마종의 개파식!'

'한 달 전에 귀병가가 기왕부를 등에 업었듯이, 저들도 초왕부의 비호를 받겠다는 생각인가?'

관부와 무림은 불가분의 관계라는 말이 있다지만, 자세히 파고들면 이것만큼 실속 없는 소리는 없다.

한 지방의 유지나 토호로서 살려면 관과 가까워질 수밖에 없고, 보다 크게 세력을 넓히려면 조정과 연줄을 둘 수밖에 없다.

구대문파가 종교 집단으로서 인정을 받아 관과 민을 가리지 않고 여러 존경을 받으며 성장을 했듯이, 구천마종이 보다 확실한 기반을 마련하기 위해 초왕부와 손을 잡는다는 것은 절대 이상한 생각이 아니었다.

문제는 초왕부의 행보에 있다.

'단순히 비호를 해 주는 정도라면 영지 내에 장원을 내주는 것으로도 충분할 터. 하지만 초왕부는 구천마종을 신하로 맞아들이는 형태다. 거기다 대대적으로 무사들을 선발한다는 것은, 대체……!'

어쩌면 초왕부, 그 자체가 무림 문파가 된다는 뜻과도 동일하지 않은가!

"또한, 이번 승부에서 큰 활약을 선보여 과인을 흡족케 한 자에게는 큰 상을 내릴 것이다."

"와아아아!"

"이거 뭐야? 경연(慶宴)인 줄 알았더니 경연(競演)이었잖아!"

가장 먼저 환호하는 것은 낭인과 하급 무사들이었다.

그들로서는 마인과 이렇다 할 원한도 없다. 이 자리에서 활약을 펼쳐 무용을 만방에 떨칠 수 있는 절호의 기회라 여긴 것이다.

판은 짜였다.

남은 건 그 위에서 날뛰는 것뿐.

하지만 화려한 경연의 서전(緖戰)을 끊는 것은 그들의 몫이 아니었으니.

"감히 여기가 어느 안전이라고 마인들 따위가 함부로 나서는가!"

상석에서 거친 일갈이 터졌다.

땅이 흔들리고 왕부가 쩌렁쩌렁하게 울릴 정도로 큰 메아리가 울려 퍼지는 가운데, 자색 도복을 입은 장년인이 허공을 날았다.

파라락!

장년인은 아주 사뿐하게 단상 위에 올라섰다.

'오오오!' 탄성을 내지르는 사람들은 '화산이다! 이원신검이 나섰다!' 라고 환호성을 보냈다.

장년인, 청백 도장이 고고한 자태로 섰다.

"전하께 여쭈고 싶은 게 있습니다."

"말하라."

"이 자리에서 일어난 일들에 대해 책임을 묻지 않겠다 말씀하신 것은, 이 자리를 빌려 저들 마인 놈들을 몽땅 도륙 내어도 괜찮다는 말씀이신지요?"

도사가 내뱉은 언사치고는 살기가 잔뜩 실린 말에 낭인들은 환호를, 마인들은 인상을 잔뜩 굳혔다.

"그렇다."

초왕의 단언에 청백 도장은 싸늘한 미소를 지었다.

스르릉!

허리춤에 달려 있던 검을 빼 들었다.

검신에 찍힌 매화 문양이 인상적이다. 화산파 내에서도 장로 이상의 간부들에게만 내준다는 보검, 매화문검(梅花紋劍)이었다.

그는 가볍게 이리저리 검을 흔들어 보더니 끝을 마인들에게로 겨누었다.

"그렇다면 내 오늘, 이 자리에서 마인의 씨를 말리리라."

그 말이 신호탄이었다.

초왕이 단상에서 물러난다. 마왕들이 일제히 땅을 박차 각자의 자리로 돌아갔다.

단상에 남은 건 용혈마왕이었다.

"마인의 씨를 말린다고?"

"그렇다."

뭐가 잘못되었냐는 투로 반문하는 청백 도장.

용혈마왕의 입꼬리가 말려 올라갔다.

"그렇다면 여기서 네놈들의 씨를 말려도 전혀 이상할 것이 없겠군!"

쾅!

용혈마왕이 진각을 밟으며 단숨에 청백 도장에게로 쇄도한다.

마치 잔뜩 흥분한 황소 같은 돌격!

"겉으로 보는 것과 똑같이 역시나 미련스럽기 짝이 없는 모습이로구나."

청백 도장은 미련스럽기 짝이 없는 녀석에게 똑똑히 가르쳐 줄 참이었다.

그동안 어째서 마인이 강호에 발을 못 붙였는지를!

스스스!

매화문검이 허공에다 그림을 그린다. 강기가 허공에 흩뿌려지자 꽃바람이 불기 시작했다. 꽃망울이 터지며 떨어지는 매화 꽃잎이 훈풍을 타고 어지럽게 노닐었다.

"매, 매화이십사수(梅花二十四手)!"

"당대 매화검법의 총화는 이원신검에게 있다더니! 과연!"

곳곳에서 찬탄이 터져 나왔다.

더불어 모두 생각했다.

스무네 개의 꽃망울에서 터진 수백 개의 꽃잎들이 저 무식하기 짝이 없는 마인을 때려눕힐 것이라고!

부—웅!

용혈마왕은 돌진하던 자세 그대로 꽃잎과 충돌했다.

꽃잎은 모두 강기로 구성된 허상. 당연히 닿는 즉시 피륙이 찢겨 나갈 수밖에 없다.

"역시! 우리가 장사로 오던 길에 기습을 했던 마인들, 역시나 너희들이구나!"

"확인할 필요가 있었거든."

"무슨 수작인지는 모르겠지만, 네놈들 마음대로는 되지 않을 것이다!"

쉬시식!

만개(滿開)한 꽃잎이 돌풍을 그리며 뱅그르르 용혈마왕을 덮쳐간다.

하지만,

"흥! 허튼짓!"

도리어 꽃잎이 허망하게 사라지지 않는가!

용혈마왕의 몸은 불그스름한 기운만 맺혀 있을 뿐, 생채기 하나 나지 않았다.

그제야 청백 도장도 뒤늦게 무언가 잘못되었다는 생각에 매화문검을 세차게 휘둘렀으나, 용혈마왕은 이번에도 눈 하나 깜빡하지 않고 우악스러운 손길을 뻗었다.

손길과 매화문검이 부딪친다.

용혈마왕은 악력을 주어 매화문검을 수수깡처럼 분질러 버리고 어깨로 청백 도장의 가슴팍을 부딪쳤다.

쾅!

"컥!"

청백 도장은 피 화살을 토하면서 단상 밖으로 튕겨 났다.

마치 버려진 쓰레기 조각처럼. 너무 허망하게.

안색이 창백해진 화산파 제자들이 다급하게 '장로님!'이라고 소리치며 그에게로 달려갔다. 부축했을 때 청백 도장의 모습은 곧 죽을 것처럼 안색이 창백했다. 흉골과 늑골이 모조리 으스러져 있었다.

용혈마왕은 단상 위에 서서 오만한 눈길로 그들을 내려다보았다.

"전하께서 보시고 있는 자리이니 숨통은 붙여 놓았다. 단, 다음에는 객기를 부려도 상대를 가려가면서 해야 할 것이다."

단 몇 마디로 장로의 체면을 깎아 버리는 자를 향해 화산파 제자들은 이를 악물었다.

"불만이 있으면 올라오너라. 이 일은 오늘이 지나면 더 이상 따질 수가 없으니까 말이다."

"……."

하지만 누구 하나 선뜻 나서는 이가 없었다.

"흥! 배알도 없는 것들."

용혈마왕은 가볍게 코웃음을 치고는 단상 아래로 내려섰다. 곧 그를 대신해 다른 마인이 올라왔다. 용혈마왕이 특별히 키운 혈악맥의 마인이었다.

"종주께서 나서시면 모양새가 좋지 않을 듯하니, 지금부터는 저와 같은 하급 마인이 나서겠습니다. 나설 분, 계십니까?"

마왕만 아니면 된다! 그냥 마인 정도라면 나도……!

단상을 보는 무인들의 눈이 열의로 타올랐다.

*   *   *

단상은 곧 무인과 마인의 접전으로 이어졌다.

처음 내걸었던 표어는 원한 정리였지만, 지금은 더 이상 그런 것이 남아 있지 않았다.

오로지 한 가지만 남았다.

자신의 무위를 알리는 것!

따다당!

검과 검이 오고 가는 가운데, 마인의 검이 교묘하게 사각 지대를 파고들어 상대의 목젖 앞에 멈췄다.

"계속할 텐가?"

무인은 마인을 노려보다가 결국 고개를 숙였다.

"내가 졌소."

"와아아아!"

"또 마인이 이겼어."

"이번에는 무당파의 도사 아니었어? 그런데도 지다니. 대체 어떻게 된 종자들이야?"

승세는 대부분 마인 측에 있었다. 생각지도 못한 기상천외한 마공을 발휘, 압도적으로 상대를 찍어 눌러 버렸다.

그래도 간혹 낭인이나 하급 무사들 중에도 특출한 재능과 실력을 보인 이들이 있었다.

초왕은 그들을 따로 불러 직접 이름을 물었다.

"명고라고 했나?"

"예. 전하."

"좋다. 네가 마음에 들었다. 이 태감, 이자에게 상을 내리도록 하게."

상을 받은 이들은 크게 감격했다.

초왕이 하사한 상이란, 소정의 보석과 함께 절학이 수록된 비급이었다.

"이걸 익히고 더욱 정진하여 뛰어난 고수가 되시게."

"서, 성은이 하해와도 같사옵니다!"

초왕부에 들겠다고 말한 적도 없는데도 초왕은 아낌없이 보화와 비급을 나눠 주었다.

이 사실이 전해지자 사람들은 더욱 열광했다.

무공을 얻자!

초왕의 눈에 들어 비급을 타내자!

한평생 삼류, 잘해야 이류 정도에만 그쳐야 했던 이들에게 비급은 아주 중요했다. 그것이 마공이란 사실은 전혀 중요치 않았다.

열광은 점차 광기를 번뜩인다.

사람들은 천천히, 아주 천천히 자신도 모르는 사이에 광기의 늪으로 빠져들고 있었다.

이미 실혼제명술은 시작되고 있었다.

연회가 시작되었을 때부터, 아니, 초왕부에 발을 들였을 때부터.

곳곳에 마련된 화원의 꽃에는 미혼향이 섞여 서서히 이지를 잠식하고 감정을 격발시킨다. 그들이 먹은 요리와 음료에는 마약이 섞여 있다.

연회를 시작하면서 들은 음악은 이음맥(異音脈)의 혼성악부(混性樂符)이고, 무희들의 춤은 요사맥(妖唆脈)의 요희낙낙무(妖喜落酪舞)다.

사람들을 점차 본능에 충실하게, 타락에 젖는다.

하지만 이건 모두 천천히 진행되었다.

아주 천천히.

구대문파도 전혀 느끼지 못할 정도로, 아주 느리게.

                    *   *   *

구대문파들도 움직이기 시작했다. 이대로는 안 되겠다는 생각에 조바심을 느끼기 시작한 것이다.

하지만 여전히 꿈쩍 않는 이들이 있었다.

무신련이었다.

"대놓고 말하는군. 올라오라고."

고황이 작게 중얼거리자, 석대룡이 답답하다는 듯이 주먹으로 가슴팍을 두들겼다.

"이보게, 대공자!"

"예."

"그냥 올라가서 깽판 좀 치면 안 되나?"

"안 됩니다."

"아, 왜!"

석대룡이 직배도를 세게 움켜쥐었다. 부들부들 떨리는 손길이 당장에라도 앞으로 튀어나갈 것 같았다.

하지만 문인산은 속내를 아는지 모르는지 씩 웃었다.

"아직 저들의 꿍꿍이를 모르지 않습니까?"

"젠장!"

"본련에 그렇게 이를 가는 초왕부와 구천마종이 이 정도로 끝낸다는 말을 믿으실 분은 아무도 없으리라 생각합니다. 저들이 지닌 패를 모르는 이상에야 함부로 나서서는 곤욕만 치르겠지요. 그리고 무엇보다……."

"무엇보다?"

"말씀드렸듯, 우리의 목표는 저들의 뒤편에 있는 만야월입니다. 구천마종이 아니죠."

"아이고, 속 터져!"

석대룡은 다시 분통을 터뜨렸다.

고황이 눈을 가느다랗게 뜨며 물었다.

"확실히 초왕을 담당하는 것은 무성, 그 아이가 하기로 약조를 한 것은 사실이네. 하지만 그동안 그 아이를 본 적이 없지 않은가? 벌써 나타나고도 남을 것인데."

"괜찮습니다. 벌써 만났으니까요."

"음? 대체 언제?"

"장로님들도 바로 눈앞에서 만났었는데 몰랐습니까?"

두 눈이 휘둥그레지는 장로들을 보며 문인산은 재미나다는 듯이 가볍게 웃었다.

"곧 그 아이가 나설 겁니다. 그럼 우리는 그 옆을 도와주기만 하면 되는 거죠."

*　　　*　　　*

낭인들의 틈바구니 속.

열렬한 환호를 내뱉는 다른 이들과 다르게 유일하게 분노를 키우는 이가 있었다.

'모두 죽여 버리겠어! 전부!'

마구유는 다음에 나설 자를 뽑는다는 말이 들리자, 허리춤에 달린 도병으로 손을 가져갔다.

나서려는 그때, 갑자기 귓가가 울렸다.

『기다려.』

익숙한 목소리다.

그가 깜짝 놀라 주변을 둘러보려는데, 목소리의 주인이 즉각 제지했다.

『돌아보지 마. 감시하는 눈이 있으니까.』

"……!"

마구유의 눈이 커졌다.

'대체 언제?'

사형 소율한과 수하들의 희생을 뒤로한 채 겨우겨우 도망치고 난 후.

그는 행동에 각별히 주의를 기울였다. 부족하나마 역용술로 얼굴도 꾸미고, 이름 모를 낭인을 기절시켜 옷을 빼앗아 입었다. 그런데도 뒤가 밟힌 모양이다.

지금 나서서는 개죽음밖에 안 될 터.

마구유는 천천히 도병에서 손을 뗐다. 그리고는 곁눈질로 주변을 둘러보았다. 목소리의 주인은 도무지 보이질 않았다.

'죽지 않았어?'

이쪽이 당할 때 녀석도 속절없이 당할 거라고 여겼건만. 확실히 목숨 하나는 징한 놈이다.

'근데 대체 어디에 있는 거야?'

마구유가 짜증 가득한 얼굴이 된다.

이쪽에서 전음을 보내고 싶어도 누가 누군지를 알 수 없으니 가만히 듣기만 해야 한다.

그런데도 뭔가 가슴 한편이 시원했다.

방금 전까지만 해도 원한과 분노로 가득했건만.

입가에 미소까지 맺힌다.

왜일까?

'설마 저놈이 나타나서? 저놈이 전부 뒤집어 버릴 것 같으니까?'

마구유는 언젠가 씹어 먹겠다고 했던 상대가 유일한 희망의 끈이 되었다는 사실에 실소를 흘렸다.

『부탁할 게 있어.』

'뭐냐.'

듣지 못할 테지만 속으로 대답해 본다.

『변령귀귀공의 구결을 가르쳐 줘.』

'그건 왜?'

『지금 그게 내게 가장 필요해.』

변령귀귀공은 혈악맥에서도 가장 뒤떨어지는 마공이다. 천축에서 유래해 마공이라고 하기에도 난감하고, 그렇다고 중원의 무공과도 궤를 달리 하니 익히는 사람이 거의 없었다.

무엇보다 위력이 그리 강하지 않아서 사장되다시피 했다. 마구유도 만약 소율한을 만나 배우지 않았다면 평생 기억하지 못했을 것이다.

'뭐 어렵지는 않은데. 근데 어떻게 가르쳐달라고?'

『대혈의 축공(築功) 구결만. 운용(運用)과 발기(發氣)는 내가 알아서 할 테니까. 입술을 달싹여. 주변의 눈은 신경 쓰지 마. 내가 어떻게든 막아 줄 테니.』

쌓기만 하고, 내공을 돌리고 꺼내는 법은 필요 없다?

대체 무슨 생각인지는 알 수 없었지만, 나쁘지 않았다.

무공 하나로 저들을 모조리 때려눕힐 수만 있다면.

'알아서 해 보라고.'

마구유는 마지막 구결까지 말하고 입을 꾹 다물었다.

입꼬리가 말려 올라갔다.

*　　*　　*

'고맙다, 마구유.'

어둠 속으로 귀화가 타오른다.

'대가로 복수는 내가 대신 해 주마.'

第九章

등불을 밝히다

"……졌소."

"흥!"

무당파 도사의 목이 아래로 떨어지자, 마인은 가볍게 코웃음을 치며 허리춤으로 검을 밀어 넣었다.

도사는 힘없는 발걸음으로 객석으로 돌아왔다.

그는 자신을 바라보는 눈길에 더 이상 기대와 열의가 섞이지 않은 것을 알고 더 어깨가 축 처졌다.

"죄송합니다, 장로님."

"괜찮다. 승패는 병가지상사라고 했다. 검을 잃은 것도 아니고 겨우 한 번 패한 것뿐이니 너무 마음에 두지 마려무나."

"……예."

백산 진인은 도사의 어깨를 몇 번이고 다독여 주었다.

그래도 도사의 눈가에 맺힌 눈물은 지워지질 않았다.

어찌 그 마음을 모를까.

검룡부의 더러운 수작에 본산을 버리고 도망쳤던 지난 세월.

이제는 복수를 해내고야 말겠다는 일념 하나만으로 버텨왔던 그들이거늘. 그런데 검룡부와 맞닥뜨리기도 전에 마인들에게 검을 꺾이고 말았다.

수많은 생각이 들 것이다.

과연 무당의 검으로는 안 되는 것인가.

아니면 나의 노력과 재능이 부족한 것인가.

자괴감과 자책감이 물 밀 듯이 흘러와 자신을 괴롭힐 것이다.

제아무리 주변에서 달래 준다고 하더라도 말이다.

'그것을 극복할 수 있는 방법은 자신밖에는 없단다.'

자신 역시 얼마 전까지만 해도 그런 마음이었기에 누구보다 잘 안다.

'그나저나 이제 어찌해야 하나?'

백산 진인은 이맛살을 살짝 좁히며 단상을 보았다.

연신 승승장구를 거듭하는 구천마종은 세상 어느 때보다

거친 기세를 드러낸다. 지난날의 와신상담과 절치부심을 증명하기라도 하듯.

"참으로 대단하구만. 지난 세월의 설욕을 보상 받는 모양이야."

노도사, 구양자가 뒷짐을 쥐며 흐뭇하게 웃는다.

이미 속세의 은원에서 한참을 벗어난 산중의 은거기인은 이 광경이 마냥 즐겁기만 한 모양이었다.

"자네도 보이나? 지금 저들에게 분노를 토하는 건 지금 우리 구대문파 뿐이라네. 낭인들과 중소 방파의 무사들은 도리어 환호를 보내고 열광을 하고 있다네."

"예. 비급의 힘이 크다고 생각합니다."

"아니라네. 그것만이 아니네. 저들이 저토록 열광하는 건 단순히 물질만이 아니야."

"하면……?"

"인정이라네."

"인정이라뇨?"

"우리보다 아래에 있는 객석들을 보시게."

백산 진인이 그들을 살펴본다.

전부 들떠 있었다.

"이들은 전부 대리만족을 느끼고 있어. 제아무리 발버둥을 쳐 보아도 신분 상승을 할 수 없었던 자신의 한계를, 그 이상을 뛰어넘을 수 있다는 대리만족을. 그리고 초왕은 그들을 인정한다네. 지난 수고와 노력을. 또한, 기회를 주지. 동아줄을 내리며 끄집어 올려 주겠노라고 말하고 있다네."

"으음!"

백산 진인은 그제야 구양자의 말뜻을 알아차렸다.

"우리는 지난 세월 동안 이들의 등불이 되어 주질 못했어. 그저 우리들이 살 길을 모색하기 위해 산으로 들어갔다고는 하나, 도리어 민중에게는 저 머나먼 곳에 있는 별로만 느껴졌겠지. 하지만 지금 마인들은 달라."

"……."

"구천마종은 이렇게 말하고 있네. '우리도 너희들과 똑같다. 설욕을 받고 한없이 약하기만 해야 했다. 하지만 우리는 이만큼 강해졌다. 구대문파보다도 더. 그리고 너희들도 얼마든지 이만큼 올라올 수 있다.' 이렇게 말일세."

"아!"

그때 무당파 제자 중 하나가 결례인 걸 알면서도 얼굴이 벌겋게 달아오른 채로 항변했다.

"하, 하지만 그건 욕심입니다!"

"맞네. 욕심이지. 하지만 잊지 말게. 우리들은 그저 오랫동안 수양을 쌓았기에 모를 뿐, 속세를 움직이는 것은 바로 그 욕심이라네. 더 높이 올라가고자 하는 욕심, 강해지고자 하는 욕심, 인정받고자 하는 욕심."

구양자는 뒷짐을 졌다.

"이번 경연이 끝나고 나면, 어쩌면 구천마종은 강호의 새로운 푯말이 될지도 모르겠어. 초왕부는 그 지지를 바탕으로 더욱 기세를 확장할 테고."

"그럼…… 우리가 어찌해야 합니까?"

백산 진인이 고요히 묻는다.

"뭘 그리 쉬운 걸 묻나?"

구양자가 씩 웃었다.

"등불이 되어야지. 저 아이들처럼."

백산 진인을 비롯한 무당파 제자들의 시선이 모두 그리로 향한다.

"와아아아!"

"뭐야! 역시 구대문파에도 인물이 있잖아?"

"저 여자 뭐야? 되게 예쁜데?"

"항마신녀라고, 사천 일대에서는 아주 유명하다더군."

"저 옆에 있는 남자도 잘생겼군. 아마 청성의 청운비호인가 하는 자였지? 사천에 용봉(龍鳳)이 있었어!"

단상 위에 있는 이들은 아미파에서 온 당대 복마창주 홍가연과 청성파의 기재라는 이학산이었다.

이학산은 그야말로 구름을 노니는 젊은 신선의 품새를 보였다.

검을 휘두를 때마다 뭉게뭉게 퍼지는 푸른 구름을 몸에 휘감으며 번뜩이는 검 앞에서 마인들은 압도적으로 패배를 겪었다.

홍가연은 또 조금 달랐다.

호리호리한 체구에서 대체 어디서 힘이 잔뜩 나오는지, 척 보아도 무겁기 짝이 없는 복마창을 호쾌하게 휘둘러 마인을 눌렀다.

그러고는 마치 가볍게 산보라도 다녀온 것처럼 복마창으로 단상을 찍고는 이렇게 외쳤다.

"에이, 뭐야? 좀 세 보여서 올라왔더만. 왜 이리들 매가리가 없어? 남자 맞냐? 그거 안 달렸어?"

예쁘장한 얼굴로 삼류 왈패처럼 툭 내뱉는 한마디는 마인들의 호승심에 불을 지폈다.

곧 마인이 올라왔다.

"본인은 축일맥의 염룡마장(炎龍魔將)이라 하오! 아미파의 항마신녀께 한 수를 청하오!"

제법 예의를 갖춘다. 하지만 두 눈이 이글거려 단번에 피떡으로 만들겠다는 살기가 풍겼다.

홍가연은 재미있다는 듯 코웃음을 가볍게 치더니 한쪽 손을 까닥거렸다.

"덤벼."

그렇게 시작된 접전은 과히 용호상박.

현란한 무위가 전개될 때마다 사람들은 더욱 열광했다.

구양자가 웃으며 물었다.

"이제 알겠나?"

"예. 조금은."

"우리는 보다 자세를 낮추고 민중에게 다가가야만 한다네. 안 그러면 언젠가 우리는 외딴 섬이 되어 버릴지도 몰라. 나와 종남처럼 말일세. 허허허!"

종남파는 무신련의 등장 이후로 급격히 세가 기울어 지금은 문파를 겨우 유지하는 정도였다. 만약 구양자가 은거를 깨지 않았더라면 맥이 끊겼으리라.

백산 진인은 잠깐의 고민 끝에 자리에서 일어났다.

"어딜 가나?"

"등불이 되려면 우리가 먼저 뭔가를 보여야 하지 않겠습니까?"

백산 진인이 천천히 움직인다.

순간, 주변이 침묵에 잠겼다. 모든 시선이 백산 진인을 따라 움직였다.

거물이 움직이기 시작했다!

드디어 그토록 바라던 잔챙이들의 싸움이 아닌 무당파 장로가 등장했다는 사실은 잔뜩 흥분할 수밖에 없었다.

과연 백산 진인, 그도 청백 도장처럼 쉽게 당할 것인가, 아니면 지난 구대문파의 설욕을 해낼 것인가!

한창 팽팽한 싸움을 벌이던 홍가연과 이학산은 백산 진인의 등장을 발견하고 동작을 멈췄다. 존장인 그에게 예를 갖추고 뒤로 물러섰다.

땀을 잔뜩 흘린 염룡마장은 언뜻 물러서지 못하고 백산 진인을 멀거니 쳐다보았다.

"잠시 자리를 양보해 주겠나? 빈도는 그대들의 종주와 이야기를 나누고 싶다네."

염룡마장이 뒤로 돌아본다. 화염마왕이 고개를 끄덕이며 일어선 후에야 그는 물러설 수 있었다.

곧 단상 위에서 화염마왕과 백산 진인이 마주했다.

"무당의 검을 꺾을 기회를 주다니. 무한한 영광이오."

"그리 쉽게 꺾이지는 않을 겁니다, 허허!"

백산 진인이 천천히 검을 뽑았다. 검룡부의 기습 이후로 이제 무당파 내에도 단 한 점만이 남은 송문고검(松紋古劍)이었다.

화염마왕은 화신합장(火神盒裝)의 구결에 따라 검고 붉은 불꽃을 온몸에 칭칭 감았다.

뜨거운 열기가 객석에서도 확연히 느껴질 정도였다.

"시작하십시다."

채채챙! 퍼퍼펑!

두 고수가 충돌했다.

객석은 다시 함성으로 젖었다.

*   *   *

그때 누구도 눈치채지 못했다.

이학산과 홍가연이 조용히 사라졌단 사실을.

그리고 객석의 어느 누구까지도.

*   *   *

전신에 불꽃을 두른 화염마왕이 주먹을 내지를 때마다 허공은 펑, 펑! 하고 공기가 터져 나갔다.

백산 진인은 그때마다 송문고검으로 태극을 그려 부드럽게 화염을 밖으로 물렸지만, 대기를 끓는 열기는 남아서 그를 괴롭혔다.

옷자락이 타들어 가고 하얀 수염이 그을린다.

처음 보였던 선풍도골 같은 모습은 온데간데없다. 추레한 몰골만 남았다.

그런데도 백산 진인의 두 눈은 어느 때보다 타올랐다.

하지만 화염마왕에게 검을 갖다 대지 않고서야 역전을 보이긴 힘들다. 화염마왕은 여전히 처음 나타났던 그대로 옷자락조차 흐트러지지 않았다.

그래도 백산 진인은 사람들에게 보이고 싶었다.

등불을.

자신들은 그리 멀지 않다는 사실을.

퍼퍼펑!

화염마왕이 연격(連擊)을 내지른다.

그때마다 백산 진인은 태극을 연거푸 그리며 연격을 물리치다 빈틈을 파고들어 화염마왕의 복부를 그었다. 옷자락이 벌어지며 핏물이 묻어난다.

'됐다!'

하지만,

"이건 제법이었다. 하지만 장난은 여기서 그치자꾸나."

퍼—엉!

화염을 뚫고 튀어나온 주먹에 백산 진인이 허공으로 튀어오른다.

"아직 멀었는……가?"

백산 진인은 꺼져 가는 의식을 붙잡으려 했다.

어떻게든 몸을 바로잡아 다시 단상으로 올라가고 싶었지

만, 도무지 그럴 기력이 없었다.

이제 곧 축축한 땅바닥에 나뒹굴겠지.

거기서 제자들은, 사람들은, 등불을 봤을까?

그때 무언가가 뒤에서 그를 안았다.

그리고 속삭이는 한마디.

"멀지 않았습니다."

'누구……?'

백산 진인은 말을 꺼내지 못했다. 의식이 내려앉았다.

백산 진인을 구한 청년은 몸에다 공력을 불어넣어 떨어지
는 체온을 바로잡았다.

"장로님!"

그때 객석에서 도사들이 다급하게 달려왔다.

"무당파의 도사님들이시오?"

"그, 그렇소만. 자, 장로님은……?"

"괜찮으시오. 내상을 가볍게 입으셨을 뿐이니."

청년은 백산 진인을 무당파 제자들에게 내주었다.

제자들은 쉽사리 청년에게 다가오지 못했다.

분명 나이는 어려 보이는데, 풍기는 기도가 그윽했다.

거기다 주변을 압도하는 무언가가 있었다.

이질적이면서도 새로운, 어떤 것.

"도우는…… 누구십니까?"

제자 중 한 명이 물었다.

이만한 자라면 이름을 못 들어 봤을 리도 없거니와, 백산 진인을 부축해 주었다면 사문과도 어떤 인연이 있을 거라 여겼다.

"진무성이라 하오."

청년은 그 말과 함께 단상 쪽으로 다가갔다.

무당파 제자들은 그 이름을 떠올리다 곧 경악했다.

사문을 엉망으로 만들어 버린 원흉이자, 찢어 죽여도 시원 찮을 악적!

"마라혈붕!"

'강호는 은원을 먹고 살아간다.'

무성은 무당파 제자들이 내뱉는 분노와 원한을 곱씹으며 단상에 천천히 올랐다.

자신이 야별성에게 원한을 사르듯, 무당파도 자신에게 분노를 내뱉는다. 서로가 얽히고 얽힌 관계는 씨줄처럼 너무 복잡하게 헝클어져 풀 수가 없다.

풀 수 있는 방법은 단 하나.

쾌도난마(快刀亂麻).

칼로 씨줄을 자르는 것뿐.

"지이이인무우우우서어어어엉!"

저 멀리 태사의에 앉은 채로 몸을 바들바들 떨고 있는 초왕이 보인다.

얼굴이 빨갛게 달아오른 채로 턱수염을 부르르 떤다.

그의 옆을 호종하고 있던 구대마왕들도 흠칫 놀라 그를 노려보았다.

분명 탈출할 시에 중상을 입은 그가 어째서 여기에 올라왔는지 전혀 이유를 모르겠다는 듯!

무성은 포권을 취하며 초왕에게로 예를 갖췄다.

"정주왕부의 어사, 진무성이 초왕 전하께 인사드리옵니다."

바로 호통이 들릴 줄 알았건만. 초왕은 잠시 입을 다물었다. 호흡을 정리해 흥분을 가라앉히고 다시 천천히 입을 열었다.

"여긴 무슨 일로 온 것이냐?"

공식적으로 두 사람이 대면한 것은 이번이 처음이다.

보는 눈이 많다.

초왕은 근엄한 말투를 보였지만, 태사의의 손걸이를 잡는 손길에 힘이 잔뜩 실렸다.

"감찰입니다."

"감찰? 과인을?"

"그렇사옵니다. 기왕 전하께서는 초왕 전하께서 불순한 의도를 갖고 이번 연회를 개최하신다고 판단, 제게 직접 확인해 보라 명하셨습니다."

황제가 아닌 일개 친왕이 같은 친왕을 감시한다?

이게 무엇을 의미하겠는가.

명백한 도발이다.

"증좌는, 있느냐?"

이미 객석은 조용하다. 뭔가 잘못 돌아가고 있다는 생각이 들기 시작한 것이다.

"지금부터 찾으면 되지 않겠습니까?"

"뭐라?"

"소인 역시 부족하나마 강호에 자그마한 명성을 갖고 있으니 이번 경연에 참여하겠습니다. 옆에서 전하의 눈과 귀를 막는 저들 구대마왕과의 대결을 허락해 주십시오."

모두의 시선이 새롭게 변한다.

마라혈붕과 구대마왕의 충돌. 당연히 이목을 끌 수밖에 없는 싸움이다.

초왕도 이런 노골적인 도발에 넘어가지 않을 수 없다.

마음 같아서는 당장 구천마종과 금위영을 총동원해서 무성을 짓밟고 싶지만, 그래서야 무성이 내건 의심을 증폭시키는 꼴밖에는 안 되니 허락할 수밖에 없었다.

'여기서 최대한 저들의 전력을 줄여야 해.'

여기서 사람들에게 초왕부의 음모에 대해서 밝힐까 하는 생각도 했지만, 곧 생각을 거뒀다.

증좌를 보이지 않는 이상에야 도리어 자신만 역공을 맞을 수 있었다.

무신련만 따를 것이다. 구대문파는 자신의 말을 따르지 않을 것이고, 이미 연회에 참여한 무인들 중 대다수가 초왕에게 열렬한 지지를 보내고 있었다.

그래서 방법을 바꿨다.

증좌를 찾을 수 없다면 저쪽에서 내보이게 만들자고.

'이미 시작된 실혼제명술은 거둘 방법이 없어. 그렇다면 깨야지. 아예 가동조차 할 수 없게.'

우──웅!

무성은 급격히 내공을 끌어 올렸다.

하지만 이번에는 여태 사용하던 혼명이 아니다.

변령귀귀공이었다.

척추를 따라 다섯 개. 회음부에서, 성기에서, 배꼽 근처에서, 심장에서, 인후부에서. 그리고 두개골의 최상부, 미간 사이에서 하나.

도합 여섯 개의 대혈이 활짝 열렸다.

그리고 떨리는 대기 위로 치솟는 네 개의 이기어검!

휙! 휙! 휙! 휙!

네 자루의 영검이 무성을 따라 뱅그르르 돈다.

그 모습에 사람들은 경악했다.

"거, 검존?"

"하지만 검존은 무신에게 죽지 않았나!"

"그럼 저게 말이나 되나! 저 나이에 검존 급이라니!"

비록 무신에게 허망하게 당했다고는 하나, 청천사검을 두르고서 적을 도륙하는 검존의 신위는 여전히 강남에서 전설로 남아 있다.

그런데 그걸 선보이는 자가 나타난 것이다!

'역시나 잘 되는구나.'

무성의 입가에 미소가 살짝 맺혔다.

단 하루 만에 내상을 모두 나을 수는 없는 일. 특히 마기로 금구환을 두들기는 과격한 방법을 계속 써서야 몸이 축날 수밖에 없었다.

그래서 무성은 생각을 달리했다.

당장 단전을 사용하기 힘들다면 다른 단전을 만드는 것은 어떨까?

누가 듣는다면 미친 짓이라 할지도 모른다.

중단전과 상단전 전부가 하단전에서 비롯되는데, 하단전을 버리면 어떻게 무공을 쓰느냐고.

하지만 무성은 다른 방법에 착안했다.

대혈.

천축에서는 '차크라'라고 부른다는 여섯 개의 공간을 강제로 만드는 것이다.

단, 변령귀귀공은 중원으로 오면서 변화가 많이 가해져 안전도가 떨어지기 때문에 축공법만 이용할 뿐, 나머지 운공법과 발기법은 기존 혼명이법의 방식에 따랐다.

변령귀귀공이 혼명이법과 느낌이 비슷하기에 해 본 시도였는데, 결과는 아주 성공적이었다.

금구환에서 떨어져 나간 조각들은 마기 때문에 단전에 있질 못한다. 염력으로 끄집어내 대혈로 이끄니 수많은 물줄기가 한데 뭉친 대하(大河)가 만들어졌다.

새로운 순환 형태가 만들어졌다.

혼명이법과 절대 상충하지 않았다. 아니, 도리어 기존의 기맥 순환로와 일부를 경유하면서 더 많은 변화를 가져다 주었다.

서로 다른 곳에 위치한 대혈들이 각 기능을 깨우면서 감각이 강화되었다. 미간에 서린 영통안도 보다 깊어지면서 다시 한 번 환골탈태라도 겪은 것 같았다.

혼명이법.

근원도 연원도 모르는 신비한 상고시대의 무학은, 어쩌면 세월 속에서 잃어버려야만 했던 제 짝을 다시 찾은 것인지도 모른다.

'이거야말로 혼명의 원래 모습일지도.'

그리고 혼명이법의 완성은, 벽을 넘게 만들었다.

네 자루의 이기어검.

무신에 가장 가까웠다고 평가 받는 삼존들과 같은 경지에 오른 지금, 그는 더 이상 무서울 것이 없었다.

지—잉!

마기와 금구환이 충돌을 빚는다. 금색 조각들은 대혈로 스며들며 감각과 신체를 더욱 탄탄하게 만들고, 이기어검의 공명(共鳴)을 끌어낸다.

"어떻게 하룻밤 사이에……?"

그와 마주한 화염마왕이 인상을 굳힌다.

깨달음이 따르면 일 초 사이에도 변하는 게 고수들의 세계라지만, 무성은 그 정도를 넘어섰다.

"여러 기연이 있었지."

혼명, 마병, 변령귀귀공.

이 모든 것이 무성에게는 천운(天運)이었다.

"그래. 일조일석에라도 달라지는 것이 세상이니. 하지만 그런다고 해서 달라지는 것은 없으리라. 덤벼라. 그깟 기연보다 세월의 늪이 절대 만만치 않다는 것을 보여 주마."

화염마왕은 더욱 거칠게 불꽃을 태우며 손목에 단단히 고정되어 있던 팔찌를 풀었다.

스르륵, 뱀이 똬리를 풀듯이 흐느적거리며 땅에 닿는다. 채찍이었다. 마병이다.

"마사편(魔蛇鞭)이란 것이다. 어디 한번 막아 보아라!"

휘리릭!

화염마왕이 거칠게 손을 틀자, 채찍은 이름 그대로 마치 뱀처럼 빠르게 날아들었다.

특히나 마사편을 휘감은 검은 마기와 붉은 화염은 닿는 모든 것을 닥치는 대로 부서뜨릴 것 같은 흉흉함을 자랑했다.

뱅그르르, 이기어검이 무성을 따라 빠르게 공전하기 시작한다.

"나는 경연에 참여한다고만 했지, 당신과 부딪친다는 말은 하지 않았었는데?"

"뭐?"

"날아라!"

무성은 화염마왕 따위는 무시하고 검결지로 하늘을 짚었다.

이기어검이 공전을 멈추고 일제히 높이 떠올랐다.

휙! 휙! 휙! 휙!

사방을 점한다. 지상에서 십 장이나 되는 까마득한 높이까지 오른 이기어검은 갑자기 완만한 곡선을 그리며 밖으로 칼 끝 방향을 돌리더니, 그대로 객석 머리 위로 재빠르게 떨어졌다.

"미, 미친!"

"저게 뭐하는 짓이야!"

객석의 모두가 우왕좌왕한다. 혼란에 잠긴다. 사람들은 사색이 된 채로 대피를 하려 했다.

순식간에 객석이 혼잡해졌다.

하지만 그들의 우려와 다르게 이기어검이 떨어진 장소는 객석의 뒤쪽, 마당을 둘러싸고 있는 담장이었다.

쾅! 쾅! 쾅! 쾅!

화포를 쏘듯 네 번의 거친 충돌이 벌어지고,

콰르르르! 우르르!

그 뒤를 따라 엄청난 폭발이 뒤를 따랐다.

파산검훼다.

천살맥을 단숨에 몰살을 시켰을 때처럼 이기어검은 착탄하자마자 폭발을 일으켜 무수히 많은 파편을 낳았다. 그리고 그 파편도 착탄이 되면 다시 쪼개지고, 또 파편이 착탄 되면 쪼개지기를 수십 차례.

대인(對人)이 아니다. 대군(對軍)이다.

주변을 초토화시키기는 파산검훼 앞에서 담장은 그대로 무너졌다.

뿌연 먼지가 자욱하게 일어나고, 여진이 뒤를 따랐다.

그리고 그 담장 인근에 숨어 있던 이들은 마위경연을 감시하던 마인들이며 금위영, 심지어 만월야의 섬월요들까지 있었다!

그뿐만이 아니었다.

이기어검 중 세 자루가 이백이 넘는 마인들을 깡그리 쓸어버릴 때, 남은 한 자루는 더욱 깊은 곳에 떨어졌다.

초왕부에서 직접 벽력보로부터 공수해 온 화약들이 매설된 곳.

만약 일이 틀어지면 마위경연에 있던 무인들을 몰살시키기 위해 마련한 곳의 뇌관을 터뜨렸다.

콰콰콰콰쾅!

화려하게 터지는 불꽃의 명멸!

치솟는 불길은 뇌관을 연속으로 건드린다.

폭발은 절대 걷잡을 수 없이 계속 이어지다 이내 대폭발로 이어졌다.

쿠르르릉!

거친 지진은 지반을 망가뜨린다. 땅거죽이 내려앉았다가 올라오기를 반복한다. 미혼향을 품었던 화원은 불길에 휩싸인다.

폭발 소리는 본능을 자극하던 혼성악부에 이물질로 끼어 들어 판을 깨 버린다. 무너지는 담장과 성곽은 무희들을 덮쳐 요사스럽기 짝이 없던 요희낙낙무가 펼쳐질 무대를 아예 없애 버렸다.

사람들은 경연장에서 달아나기에 바쁘다.

초왕의 눈에 들어 고수가 된다고?

그것도 목숨이 붙어 있을 때나 가능한 일이다.

이런 혼란 속에서 애꿎은 목숨을 날릴 바에는 차라리 도망 치는 것이 이득이다. 몇몇의 경우에는 비급을 받았으니 도망 쳐도 상관없었다.

하물며 무성이 직접 말하지 않았던가.

기왕부의 이름으로 왔노라고!

일이 이렇게까지 닥친 이상, 바보가 아니고서야 깨달을 수 밖에 없다.

이건 무림의 일이 아니다. 황실의 일이다.

전쟁이 벌어질 것이다.

아주 크고 잔혹한 전쟁이!

"혈부우우우웅!"

화염마왕은 거친 진노를 토했다. 얼굴은 분노로 젖어 자신 을 감은 불꽃보다도 더 붉었다.

놈이 망쳤다.

지난 수십 년간 구천마종이 와신상담의 자세로, 절치부심하는 마음으로 준비한 계획들을!

대업을 망쳤단 말이다!

쾅!

화염마왕이 달린다. 수염이 그을린 채로. 주름이 십 년은 더 늘어난 얼굴로. 구천마종 내에서 가장 연장자라는 그는 모든 화를 채찍에 담았다.

"아직도 모르나?"

무성이 차갑게 중얼거렸다.

"경연은 끝났어."

콰쾅!

무성이 진각을 밟으며 몸을 튕긴다.

그러자 단상은 가중된 무게와 힘을 버티지 못하고 완전히 부서졌다.

방금 전까지만 해도 마인들이 제 꿈을 펼쳐보이던 무대가 박살 나 버렸다.

휘리릭!

무성은 손을 뻗어 얼굴로 때려 오는 마사편을 손으로 잡았다.

채찍이 팽팽하게 잡아당겨진다.

화염마왕이 거칠게 채찍질을 다시 한 번 가했다. 분명 무성의 손이 갈가리 찢겨졌을 거라 판단, 단숨에 몸을 으스러뜨릴 참이었다.

그러나 도리어 으스러지는 것은 마사편이었다.

콰지직, 무성이 잡은 부분에서부터 시작된 균열은 길이가 삼 장이나 되는 마사편 전체로 퍼졌다.

그리고 부서지기 시작했다. 마기를 잔뜩 뿌리면서.

"아, 안 돼애애애애!"

마사편이 박살 난다. 마기가 퍼져 나오더니 다른 마병들과 마찬가지로 무성의 칠공으로 잔뜩 빨려 들어갔다.

무성은 달리던 그대로 좌수를 뻗어 경악에 젖은 화염마왕의 안면을 가격했다.

퍽!

수박처럼 으깨진다.

무성의 질주는 거기서 그치지 않았다.

화염마왕 따위는 장애물에 지나지 않았다는 듯, 이번에는 어기충소의 수법으로 높이 뛰어올랐다.

그가 향하는 방향에는 초왕이 있었다.

순간, 초왕과 눈이 마주쳤다.

"네 이노오오오옴!"

태사의 주변에 서 있던 남은 구대마왕이 일제히 몸을 던졌다. 대천마왕, 사라마왕, 화염마왕이 죽었으니 남은 이는 모두 여섯이었다.

놈들은 저마다 가진 절기들을 화려하게 풀어냈다.

그야말로 일대 장관이었다.

'내공이 달린다. 그럼……!'

무성은 다시 한 번 마기와 금구환을 충돌시켰다. 그가 육혈대륜(六穴大輪)이라 이름 붙인 여섯 개의 대혈은 이제 자동적으로 회전을 시작했다.

다시 한 번 네 자루의 이기어검이 생성되었다.

한 자루에 마왕 하나씩.

검결지를 짚은 방향대로 이기어검이 쇄도한다.

신타마왕은 이를 악물고 마륜투를 있는 힘껏 내리쳤다. 이미 망가지기 시작한 마병이지만 위력은 대단했다.

검은 마기가 가시처럼 이빨을 잔뜩 드러낸다.

톱니처럼 자글자글한 마기가 위와 아래에서 동시에 이기어검을 씹어 먹었다. 이기어검은 마치 상어의 아가리 속으로 들어가는 물고기처럼 위태로워 보였다.

청해맥의 대수마왕은 화염마왕과 정반대였다. 손을 휘저을 때마다 물줄기가 뿌려진다. 그가 가장 특화된 수공(水功)이 아니어도 힘은 이들 중 최고였다.

마군창(魔君槍)은 물속을 유영하는 것처럼 거침없이 쏘아졌다. 이기어검의 진전을 가로막을 때마다 팡, 팡, 하고 허공이 터져 나가고 대기가 떨렸다.

쉬시식!

그러다 마군창이 무수히 많은 분영을 토해 냈다.

수십 개로 분리된 마군창의 소나기 앞에서 이기어검은 역류하는 연어처럼 힘겨운 싸움을 벌였다.

이음맥의 악음마왕(齷音魔王)은 피리를 입에 대고 불었다.

가아아!

마평소(魔平簫)의 기이한 음은 심령을 흔든다. 저주파를 통해 정신을 혼미케 하고 공력의 역류를 부른다. 유령을 부른다는 말도 있을 정도였다.

이기어검이 파르르 떨렸다. 보이지 않는 손길이 족쇄처럼 얽매며 부러뜨릴 듯이 칭칭 감아 왔다.

요사맥의 요희마왕(妖姬魔王)은 나긋나긋한 섬섬옥수가 인상적인 미녀다.

구대마왕 중 홍일점인 그녀지만, 손속은 가장 잔혹하기로 악명이 자자했따.

소소백희공(素素白姬功)이 가미된 마결수(魔潔袖)는 아주 부드럽게 이기어검을 감싸 안는 듯하더니 눈 깜짝할 사이에 수십 차례 이기어검을 두들겼다.

네 명의 마왕이 이기어검 앞에 가로막혔을 무렵, 무성 앞에는 두 명이 섰다.

용혈마왕과 표풍마왕(飄風魔王)이었다.

용혈마왕은 마왕 중에서 가장 강하고, 표풍마왕은 가장 빠르다.

표풍마왕이 마승혜(魔乘鞋)에 올라타 바람을 마구 뿌려 댄다. 강풍, 아니, 광풍이 휘몰아치면서 무성 앞에 커다란 바람 벽을 만들어 발목을 묶는다.

더불어 쉴 새 없이 발을 놀려 무성 앞에 들쭉날쭉하며 나타나 눈을 현혹했다.

그사이 용혈마왕은 무성의 뒤편으로 돌아 등을 가격하려 했다.

그야말로 완벽에 가까운 연수합격!

여섯 마왕이 만든 탄탄한 벽 앞에서 무성은 더 이상 앞으로 나갈 수 없을 것으로만 보였다.

하지만,

"폭(爆)!"

퍼퍼퍼펑!

무성은 가차 없이 이기어검을 터뜨렸다.

수백 수천 개의 파편들이 마왕들을 마구 난도질한다.

그들은 바로 눈앞에서 터진 폭발을 감당하지 못하고 피떡이 되어 튕겨 나고 말았다. 저마다 들고 있던 마병에는 금이 잔뜩 갔다.

마왕들은 피를 흠뻑 뒤집어쓴 혈인의 몰골로 추락했다.

특히 신타마왕의 상태가 가장 최악이었다.

이기어검을 씹어 먹으려 했던 마륜투는 폭발을 감당하지 못하고 그대로 터져 나가 주인까지 곧장 절명하고 만 것이다.

이기어검이 낳은 여파는 거기서 그치지 않았다.

폭발 뒤에 이어지는 후폭풍은 표풍마왕의 광풍을 모조리 쓸어버렸다.

바람과 바람이 부딪치면서 갈 길을 잃고 방황한다. 난류가 곳곳에 생성되었다.

표풍마왕은 그 난류에 휩쓸렸다.

경공이란 제 의지대로 움직여야 힘이 되는 법이지, 균형 감각을 잃고 나면 도리어 독으로 돌아오는 법이다.

무성은 손을 뻗어 표풍마왕의 가슴팍을 두들겼다.

퍽!

가슴뼈가 함몰되면서 심장이 그대로 터져 나갔다. 마승혜도 같이 박살이 나면서 무성에게로 빨려 들어갔다.

순식간에 두 명의 마왕이 나가떨어지고 만 것이다.

무성을 뒤에서부터 치려 했던 용혈마왕은 애꿎은 허상만 가격했다.

그가 무성의 속도를 따라잡을 수 없는 노릇.

결국 용혈마왕은 바로 눈앞에서 무성을 놓쳐야만 했다.

"으아아아아아!"

무성은 분노 어린 고함을 뒤로하고 천천히 초왕 앞에 착지했다.

초왕은 여전히 태사의에 앉아 있었다. 분명 도망칠 시간이 있었을 텐데도 불구하고.

원수 앞에서 초라한 모습을 보일 수 없었으리라.

그것이 군주의 그릇을 타고난 자의 모습이다.

아마 무성을 만나지 않았더라면, 현군과 패왕의 자질을 겸비한 그가 기왕을 꺾고 당당히 황위에 올랐을 터.

초왕은 위엄을 잃지 않은 채로 무성을 내려다본다.

자신의 모든 것을 박살 내 버린 자를.

흉흉한 두 눈은 무성을 한시도 놓치지 않겠다는 듯이 한가득 담아서.

무성은 태사의로 향하는 계단에 발을 올렸다.

"네놈이 처음 내 앞에 나타났을 때 알아차려야 했거늘. 그때 처치하였다면 지금 이런 치욕을 겪지 않아도 되었겠지."

두 번째 계단을 오른다.

"지금 이렇게 내 앞에 섰다고 해서 이겼다고 생각지 마라."

세 번째 계단에 다시 발을 얹힌다.

"과인은 만인의 머리 위에 설 자. 그대 따위가 넘볼 수 있는 몸이 아니니라. 지금 이렇게 되었어도 다음을 노릴 것이다. 네 놈을 죽일 때까지."

무성은 마지막 네 번째 계단에 올랐다.

태사의 앞에 선다.

여태 무성을 내려다보던 초왕의 시선이 처음으로 위로 향한다. 그는 감히 자신으로 하여금 고개를 들게 만든 무성을 용서치 못했다.

무성이 앉아 있는 그를 내려다보았다.

"아직도 모르시겠습니까?"

"무엇을 말이냐?"

"두 번의 기회는 없습니다."

"뭣이?"

"왕부 내에 설치한 진법을 믿는 겁니까?"

"네가 어떻게⋯⋯!"

초왕부는 실혼제명술로 사람들의 심령을 뒤흔드는 한편, 진법을 가동시켜 환혹을 심으려고 했다. 이성을 잡아먹은 본능에다 세뇌를 걸어 꼭두각시로 만들려는 것이다.

사라마왕이 왕부를 돌면서 설치하고, 혈랑단이 파괴하려다가 실패했던 진법이 바로 그것이다.

초왕은 바로 그 진법을 철썩 같이 믿고 있었다.

이미 사람들에게 실혼제명술을 어느 정도 각인시켰으니 진법만 가동되면 역전의 발판을 마련할 수 있을 거라 여겼다.

제아무리 무성이라 하여도 그 많은 자들을 당적할 수는 없을 터이니.

하지만,

"그 계획이라면 이미 늦었습니다. 지금쯤 제 동료들이 진축을 모두 파괴했을 테니까요."

"웃기지 마라! 마신환상대진(魔神幻想大陣)은……!"

"만야월이 지키고 있었지요. 하지만 이곳으로 오기 전에 미리 제거했습니다."

"……!"

"그때 진법도 같이 파괴할까 싶었지만, 그럼 눈치를 챌 수 있으니 잠시 놔두었었지요."

"……."

이학산과 홍가연, 마구유는 소율한과 혈랑단이 해내지 못한 것을 신나게 해내고 있으리라.

"다른 자들이 당신을 구해 줄 거라고 생각지는 마십시오. 보다시피 다들 제 몸 지키기에 바쁘지 않습니까?"

무성은 뒤쪽을 가리켰다.

여전히 계속 이어지는 폭발 속에서 사람들은 도망치느라
바쁘다.

사이사이로 병장기가 부딪치는 소리도 들렸다.

파산검훼에서 겨우 살아남은 구천마종의 마인들은 비틀거
리는 발걸음으로 나왔다가, 대기하고 있던 구대문파의 고수
들과 마주쳐 칼부림을 겪었다.

마왕들은 몸을 추스른 백산 진인, 청백 도장과 마주쳤다.

두 사람은 설욕을 갚을 기회라 여기는 듯 힘이 빠진 녀석들
을 미친 듯이 몰아붙였다.

여태 잠잠하던 무신련도 드디어 움직였다.

석대룡과 고황이 부족한 손길을 도와주는 한편, 천리비영
과 조철산은 수하들을 이끌고 혼란을 진압하기 위해 나타난
만야월과 충돌했다.

초왕부를 든든하게 지켜주던 금위영도 마찬가지였다.

안으로 들어가려는 금위영과 밖으로 나가려는 무사들 간
에 충돌이 벌어지면서 아수라장이 되었다.

이곳은 더 이상 경건이 흐르는 왕부가 아니었다.

싸움과 피만이 난무하는 전장이었다…….

"아아!"

모든 사실을 깨달은 초왕의 얼굴은 수십 년은 더 늙어보였

다.

패기로 넘치던 모습은 사라지고 없다.

힘이 다 빠진 노인만이 남아 있었다.

그러나 그는 마지막 남은 생명을 불사르듯, 눈가에 핀 귀화만은 꺼트리지 않았다.

"그래. 인정한다. 이것으로 내 기업은 모두 끝이 나 버렸구나. 결국 나는 한낱 동정호의 무지렁이 따위에게 패배를 하고 만 것이야. 하지만 네놈을 향한 마수는 이제부터 시작일 것이다. 네놈이 죽을 때까지 마수는 절대 끝나지 않으리라……!"

노인의 마지막 남은 옹고집은 저주를 한가득 담았다.

"그러니 이만 돌아가라. 이젠 쉬고 싶으니."

초왕은 손사래를 쳤다.

무성이 억압할 수 있는 한계가 여기까지라는 듯.

그가 기왕의 막하에 있는 한 전쟁을 불사하지 않고서야 자신을 치기 어려울 것이라 여긴 모양이었다.

하지만,

스걱!

무성은 가차 없이 영검을 뽑아 초왕의 목을 쳤다.

권태에 가득 찌든 모습 그대로 떠올랐다가 바닥을 굴렀다.

그는 죽을 때까지 자신의 죽음을 생각지 못했다.

"기왕 전하께서 전하라고 하셨소. '패왕이 되려고 했으니 목숨을 내놓을 각오쯤은 해 놓지 않았나?'고 말이오."

거기에 대답을 하듯 초왕의 머리통이 굴렀다.

데구루루…….

第十章

천마의 유품

"전하!"

"전하! 그리 가시면 아니 되옵니다!"

곳곳에서 오열과 비탄이 터진다. 정말 초왕이 죽을 거라고
는 아무도 생각지 못했기에 충격은 더 컸다.

황제가 아끼는 동생이자, 차기 황위를 넘보던 이의 죽음!

왕부의 소란은 걷잡을 수 없이 커져 버렸다.

*　　　*　　　*

"장로님!"

"나도 보았다. 허허! 등불이구나. 등불."

무당파 제자의 외침에 백산 진인은 저도 모르게 너털웃음을 터뜨렸다.

분명 화를 내야 하는 상황이건만.

사문을 쑥대밭으로 만든 원수이거늘.

복수는커녕 도움만 받아 버렸다.

녀석은 원래 구대문파가 사람들에게 보여야 할 무언가를 보여 주고 있었다.

"비켜! 말코!"

요희마왕이 흉신악살처럼 얼굴을 일그러뜨린다.

아름답던 모습은 사라지고 분노만 한가득 담긴다. 하얗게 변한 소매를 있는 힘껏 후려치는 손속에서는 악의가 잔뜩 담겼다.

백산 진인은 송문고검으로 태극을 그리며 마결수를 옆으로 능숙하게 흘려버렸다.

"미안하지만 그러진 못하겠네."

"뭐?"

"빈도도 저 도우에게 묻고 싶은 것이 많아서 말일세."

"그럼 나가 뒈지던가!"

째지는 비명 소리와 함께 마결수가 회전한다.

어딘지 모르게 요희마왕은 아주 다급해 보였다. 손속도 조금 바빴다.

물론 길을 내어 줄 수는 없는 노릇.

까가강!

송문고검이 바쁘게 돌아갔다.

용혈마왕은 간 크게도 자신의 앞을 가로막은 청백 도장을 잔뜩 노려보았다.

"그렇게 당하고도 정신을 차리지 못한 것이냐?"

"미안하지만 방금 전, 그대가 보였던 잔수는 더 이상 통하지 않을 것이다."

"잔수? 하! 옛날부터 너희 구대문파 놈들은 그랬지. 자신들이 져 놓고서는 사술을 부렸니 뭐니 하면서 누명을 씌우고 머릿수로 제거하려 들었어. 그 버릇은 예나 지금이나 달라진 게 없구나."

용혈마왕은 주먹을 꽉 쥐었다. 당장에라도 치고 나가겠다는 듯이.

사실 그는 겉보기와 다르게 마음이 조급했다.

초왕이 죽었다.

거기에 대해 짜증은 있을지언정 애석함은 없다.

한평생 새외에서 살아온 그가 진심으로 초왕에게 충성을 맹세했을 리가 없으니.

그런데도 다급함이 앞섰다.

얼마 남지 않았다.

그 안에 어떻게든 무성을 처리해야만 했다……!

그런데도 날파리처럼 알짱거리는 청백 도장이 꼴 보기 싫었
다.

"미안하지만 너와 놀아 줄 시간은 없다. 이번에는 철저히
짓밟아주마."

용혈마왕은 땅을 세차게 밟았다.

"바라던 바다."

매화문검이 움직인다.

사방이 꽃잎으로 휩싸였다.

석대룡은 직배도로 대수마왕의 마군창을 힘껏 내리치면서
대소를 터뜨렸다.

"하하! 하여간 저놈은 정말 똑똑한 것 같으면서도 대책 없
는 짓들을 해 버려서 사람을 미치게 만든단 말이지? 세상에!
초왕의 목을 잘라 버리다니. 대체 무슨 생각을 하고 있는 거
야?"

너무 웃다가 복장이 뒤집어지는 게 우려될 정도로.

칼바람을 뿌리며 악음마왕이 음공을 쓰지 못하도록 만들
던 고황은 피식 웃음을 터뜨렸다.

"과격해 보여도 하는 일에 있어서 항상 몇 수고 내다보는 아이가 아닌가. 우리는 우리 일에나 집중하세."

"그래야겠지?"

석대룡은 직배도를 꽉 쥐며 차갑게 웃었다.

"어서 이놈들을 때려잡고 만야월 놈들도 잡으러 가자고!"

콰콰콰!

한편, 그들을 상대하는 대수마왕과 악음마왕은 하나같이 이를 악물었다.

초조함이 가득한 얼굴로.

살아남은 마왕들 모두가 그랬다.

무언가를 잔뜩 두려워하는 기색이 역력했다.

*   *   *

문인산은 일사불란하게 지시를 내렸다.

"천리비영께서는 무사들과 같이 움직여 남은 만야월 섬월 요들을 잡아주십시오. 놈들이 살행을 나서기 시작하면 골치가 아파집니다. 조 장로님은 중소 방파와 낭인들을 설득해 주십시오. 이대로 혼란스럽기만 하다간 금위영과 동귀어진을 면치 못합니다."

초왕부는 이미 무너졌다고 봐야 한다.

지금쯤 나타나서 혼란을 잠재워야 할 일왕자와 이왕자는 코빼기도 보이지 않는다. 그나마 소란을 이 정도로 무마한 것도 문인산이 있었기 때문이었다.

문인산은 기뻤다.

무성이 이렇게나 큰일을 해냈다는 사실에.

그 작기만 하던 아이가 이제는 무신련의 속박에서 벗어나 크게 되었다는 것을 인정치 않을 수가 없었다.

"네가 이렇게 다시 나타나니 다행이다만…… 그래도 이상하게 생각지 않느냐?"

그는 무성이 있는 곳을 향해 작게 중얼거렸다.

"야별성의 음모치고는 너무 쉽게 끝났다고 말이다."

* * *

"……너무 쉬워."

무성은 눈살을 찌푸렸다.

이상하다.

쉽다.

그리고 허무하다.

야별성이 겨우 이 정도밖엔 안 된다고?

"초왕이 죽을 때까지 대종주라는 자는 보이지도 않았어.

만야월도 병력이 너무 터무니없이 적어."

물론 구천마종의 음모를 분쇄하는 것이 쉬웠던 건 아니다. 무성은 몇 번이고 죽음의 위기를 건너야만 했으니까. 만약 기연이 없었더라면 실패했을 것이다.

그런데도 신경이 쓰이는 이유.

기왕부를 공략할 때에는 도룡추신이라는 희대의 절진까지 동원했던 작자들이, 구천마종의 개파식에, 야별성의 화려한 등장을 알리는 무대에, 무신련에다가 선전포고를 날리는 자리에 이것밖에는 안 된다고?

그때였다.

무성의 눈에 초왕의 머리통이 눈에 들어온 것은.

분명 목이 잘렸으면 피가 흘러야 하는데, 이상하게도 녀석에게서는 피가 흐르지 않았다.

마치 죽은 지 오래된 시신의 목이 떨어진 것처럼.

그 순간, 초왕의 머리통이 일그러졌다. 이상한 기포가 마구 올라왔다.

"……!"

무성은 본능적으로 땅을 박차 몸을 한껏 높이 올렸다.

머리통과 몸뚱이가 터지는 것은 아주 간발의 차였다.

콰쾅!

초왕의 시신이 터진다. 육편이 비산하며 땅으로 떨어진다.

주검이 있던 태사의에는 붉은 핏물 대신에 검은 진물이 남았다.

검은 진물은 태사의 속으로 녹아들었다.

동시에 무언가가 작동했다.

우─웅!

마치 잔잔한 연못에다 돌멩이를 던진 것처럼 태사의를 중심으로 파문이 그려졌다.

강풍을 동반한 파문은 자꾸 크기를 확장하며 초왕부 전체로 퍼졌다.

사람들이 일제히 휩쓸렸다.

마인, 마왕, 홍운재 장로, 구대문파, 낭인, 금위영, 누구 하나 가라지 않고 보이지 않는 힘에 떠밀려 균형을 잃고 바닥에 주저앉았다.

"대체 뭐지?"

"뭔가가 날 밀었는데?"

"바, 바닥이 이상하다!"

초왕부의 바닥에 이상한 그림과 문자가 쓰였다.

시푸르고 불그스름한 빛을 마구 뿌려대며.

갖가지 독특한 문양의 기문(奇文)과 천축에서나 쓰일 법한 범어(梵語).

"제길……!"

무성은 허공에서 정체를 깨닫고 이를 악물었다.

열쇠였다. 진법을 가동하기 위한.

무성이 진축이라 판단하고, 이학산과 마구유 등이 열심히 부쉈던 것들은 사실 곁가지에 불과했던 것이다.

초왕의 피.

그것이 바로 마신환상대진의 진언(眞言)이었던 셈이다.

끼아아아!

유령이 일제히 울부짖는다. 망자들이 문을 쿵쿵 두들기며 소리를 지른다. 붉고 푸르던 빛은 까맣게 물들었다.

칠흑빛을 옮겨 담은 듯한 마기들이 아지랑이처럼 스멀스멀 올라온다.

마기는 한 사람도 빠지지 않고 초왕부의 땅 위에 있는 모든 존재들에게 닿았다.

초왕이 내준 연회 음식을 먹었던 사람들, 음악을 들었던 사람들, 춤을 보았던 사람들.

예외란 없었다.

무의식에 깔려 있던 마성이 마기의 자극을 받아 꿈틀거리며 의식 위로 치솟았다.

"카아아아!"

"키키킥!"

사람들의 눈동자가 뒤집어진다. 검은 눈자위가 위로 올라가고, 흰자위는 붉게 충혈된다.

실핏줄이 살갗을 뚫을 것처럼 울긋불긋하게 올라와 피부가 까맣게 물든다. 살짝 벌린 입에서는 사람의 목소리 대신에 짐승의 포효가 담겼다.

진짜 인성을 파괴당한 마인들.

아니, 마귀(魔鬼)다.

전체에 비해 마귀의 숫자는 얼마 되지 않았다.

하지만 그들의 면면이 결코 만만치 않았다.

초왕의 눈에 띄어 비급을 받았던 이들. 절학이라며 좋다고 한 번이라도 읽어봤던 이들은 가차 없이 마신환상대진의 물결에 물들었다.

그리고,

"왜 그러십니까, 장로님!"

"진인! 정신 차리십시오!"

화산파와 무당파 진영에서 경악이 울린다.

청백 도장이 몸을 뒤튼다. 사람의 뼈가 과연 저렇게 돌아갈까 싶을 정도로 기괴한 방향으로 이리저리 꺾였다. 얼굴에 식은땀이 가득하다.

도사에 어울리지 않는 마기가 물씬 풍기며 땅을 까맣게 물들었다.

백산 진인도 마찬가지.

"모……두…… 피해라……!"

그것이 그가 마지막으로 내뱉은 한마디였다.

끝까지 마성을 억누르던 그는 곧 마기에 완전히 젖었다. 살 갖이 까맣게 죽어 버린 백산 진인에게서는 더 이상 영험한 기운이 느껴지지 않았다.

고수들의 갑작스러운 변화!

마성에 젖은 마귀들은 닥치는 대로 날뛰기 시작했다.

저마다 병장기를 들며 옆에 있는 것들을 쳤다.

증오와 살의를 한껏 담아. 살아 있는 것은 모두 베어 버리겠다는 듯이.

숫자는 적지만, 그들 대부분이 경연에 참여한 이들 중에서도 상위에 해당하는 바.

피해는 기하급수적으로 커졌다.

퍼러럭!

무성은 허공 한가운데에서 바람을 타고서 체공(滯空) 상태로 지상을 굽어다 보고 있었다.

전혀 생각지도 못한 사태에 머리가 아파졌다.

"본류야행……! 그건 살생부가 아니었어. 마성에 젖은 이들의 명단이었던 거였어."

어째서 이 생각을 미처 못 했을까?

아니, 할 수도 있었을 것이다.

하지만 소율한의 말을 너무 철썩 같이 믿었다.

그래서 오판하고 만 것이다.

조금만 더 깊게 생각했다면 이런 참사를 좀 더 방지할 수도 있었을·텐데.

고개를 돌린다.

저 멀리, 홍가연과 마구유가 보인다.

"크아아앙!"

"야! 정신 차려!"

"이 새끼가 어디서 이빨을 들이대? 진짜 얻어터져 볼래?"

마성에 젖어 마구잡이로 검을 휘두르는 이학산을 상대로 곤욕을 치르고 있었다.

마귀들을 진정시킬 수 있는 방법은 없는 듯했다.

"어쩔 수 없어."

무성은 다시 이기어검을 모두 끄집어냈다.

피해가 더 커지기 전에 전부 해치워야 했다. 마신환상대진도, 마성에 젖은 마귀도.

"날아라!"

검결지와 함께 네 자루의 이기어검이 아래로 방향을 둔다.

그리고 터졌다.

슈슈슉!

폭죽처럼 파편이 튄다. 수백 개의 파편이 무성의 의지에 따라 소나기가 되어 떨어진다. 파편 하나하나가 이미 검증이 끝난 최악의 무기였다.

지상에서 보는 수백 개의 포물선 궤적은, 밤하늘을 아름답게 수놓는 유성우와도 같았다.

각 파편이 노리는 목표는 마귀들.

무성은 두 눈을 질끈 감았다.

그리고 생각했다.

곧 벌어질 참상에 대해서.

남은 자들은 동료들의 목숨을 앗아간 자신에게로 증오를 돌리리라.

바로 그때였다.

이상한 기운이 감지된 것은.

"뭐지?"

혼란스러운 정국 사이로 우두커니 서 있는 자.

한 사내가 체공 중인 무성을 가만히 올려다본다. 곧 엄습할 파편 세례에도 전혀 두려워하는 기색이 없다. 그가 무성을 향해 미소를 지어 보였다.

무성의 표정이 딱 굳고 말았다.

어째서 죽었던 사람이 저기에 있는 거지?

"소천혈검!"

"그동안 잘 지냈나? 이렇게 만나게 되니 또 기분이 새롭구

만그래."

소율한이 씩 웃더니 허리춤에서 유엽도를 뽑았다.

스르릉!

"우선 본격적으로 감격스러운 상봉을 하기 전에 이것부터 처리해야겠지?"

시퍼런 칼날이 검은 빛으로 물든다.

마병의 끄트머리에 위치한 마혼도(魔魂刀)가 지잉, 지잉, 몸을 세차게 떨더니 허공을 내그었다.

그리고 잘려나갔다. 공간이.

스걱!

단면을 따라 미끄러지는 궤적. 그 연장선에 있던 파편 세례가 모조리 휩쓸려 나갔다.

콰콰콰쾅!

드높은 허공에서 수백 수천 개의 폭발이 벌어진다.

마치 축제날에 터뜨린 폭죽처럼 쉴 새 없이 벌어지는 불꽃의 명멸 아래로 무성이 천천히 내려와 착지했다.

탁!

무성은 살짝 베인 왼쪽 어깨를 오른손으로 눌렀다.

소율한은 마혼도를 다시 칼집에다 꽂으며 웃었다.

"당신, 누구야?"

"죽다 살아난 사람에게 그런 말이라니. 너무하는군. 후후

후!"

소율한은 오른손으로 수북하게 덮은 앞머리를 쓸어 올렸다.

그러자 다시 얼굴이 일그러지기 시작한다.

우두둑. 두둑.

체격은 큰 차이가 없다. 하지만 얼굴이 달라진다.

광대가 안으로 들어가고, 눈매가 옆으로 찢어진다. 살결이 부드러워지면서 기품 가득한 얼굴이 되었다.

분명 처음 보는 얼굴이지만 낯이 익었다.

주익. 그리고 초왕. 그들과 판박이었다.

무성은 상대의 이름을 떠올렸다.

초왕의 자식들 중에서 가장 명석해서 태자 책봉만 기다리고 있다던 자. 벽해공주에게 납채를 보낸 이.

"치평군."

"맞네. 내가 치평군 주호(朱豪)일세."

주호가 차갑게 웃었다.

"그리고 구천마종의 대종주, 적룡마제(赤龍魔帝)이기도 하지."

*　　　*　　　*

여태 구천마종의 대종주에 대한 억측과 추론은 난무했다.

새외 청해의 절대자이며 마인들의 군주. 하지만 공식 석상에는 모습을 비추지 않는 자.

그래서 많은 이들이 궁금해했고 추측했다.

하지만 어느 누구도 생각지 못했으리라.

명색이 황족이 천대 받는 마인일 줄은.

"그동안 날 따라다녔던 건 이때를 위해서였나?"

"정답이라네. 자네가 내 계획을 모두 망가뜨릴까 봐 걱정했거든. 천하의 귀곡산장…… 그러니까 자네가 알기론 정주유가를 물 먹인 자네가 아닌가? 나도 그 물을 안 마시려면 주도면밀하게 움직여야 했지."

주호가 웃는다.

무성은 여태 녀석의 손바닥 위에서 놀아났다는 사실에 암담함을 느꼈다.

"그럼 본류야행도?"

"자네가 발견하라고 일부러 둔 것이지. 이미 오는 길목에다 손을 써 뒀지만, 그래도 사람 일이란 게 어찌 될지 모르지 않나?"

으득!

무성은 이가 으스러져라 갈았다.

"그래도 그런 표정 짓지 말게. 사실 나도 몇 번이고 자네 때문에 간담이 서늘해졌으니까. 아홉 개의 맥 중에서 복구가 불가능해질 정도로 박살 나 버린 곳만 해도 몇 곳이며 진법도 처음 의도했던 것보다 훨씬 약해졌으니 말일세."

주호는 씁쓸하게 웃었다.

"아바마마께 진축을 심어 두지 않았더라면 큰일을 치를 뻔했지."

무성은 주호의 노림수를 알 것 같았다.

녀석은 아버지인 초왕의 죽음을 방관했다.

그로서 녀석이 얻은 것은 두 가지.

하나는 후계자 자리가 확실치 않은 초왕부의 실권을 틀어쥘 수 있는 명분.

또 다른 하나는,

"거병할 명분."

무성이 작게 입에 담는다.

초왕의 목을 치는 순간, 기왕은 초왕부와 돌이킬 수 없는 강을 건넜다.

주호는 아마 아버지의 복수를 천명하며 군사를 일으킬 것이다.

문제는 그에게 수많은 병력이 있다는 점이었다.

초왕부가 자랑하는 일 만의 정예병.

구천마종과 세뇌된 실혼인들.

거기다 야별성까지.

전격전을 이용한다면 기왕부를 덮치고 황실까지 손에 틀어쥘 수 있을 터.

그 뒤에 군권(軍權)을 잡고 여세를 몰아 무신련을 칠 것은 불에 보듯 뻔한 일.

녀석은 황실과 무림, 두 마리의 토끼를 모두 잡으려 하고 있었다.

주호는 소리 없이 웃기만 했다.

그때 마왕들이 하늘에서 떨어져 부복했다.

"대종주를 뵙습니다!"

"대종주를 뵙습니다!"

요희마왕, 대수마왕, 악음마왕, 그리고 용혈마왕. 살아남은 마왕들이 모두 고개를 조아린다.

그런데 그들이 떨고 있었다.

마치 뱀 앞에 놓인 쥐처럼.

주호는 여태 여유롭던 모습을 지우고 인상을 싸늘하게 굳혔다. 눈이 가느다랗게 좁아졌다.

"이것밖에 안 남았나?"

"그, 그렇사옵니다."

답변을 하는 대수마왕의 몸이 덜덜 떨렸다. 식은땀이 그의 상의를 축축하게 만들었다.

"마신환상대진도 일부 실패했고."

"그, 그것이……!"

"또 목숨보다도 소중한 수하들도 많이 잃었지. 벽력보에서 빌려온 화기들은 모두 망가졌고, 살존에게서 싫은 소리를 하며 데려온 섬월요는 얼마 남지도 않았고. 하하! 나중에 칠성회의(七星會議)라도 가게 되면 한낱 야인들 따위에게 실컷 물어뜯기겠어."

"대, 대종주!"

"감히 내 얼굴에 이리 먹칠을 하고도 살기를 바랐더냐?"

"살려줘……!"

퍽!

주호는 손날을 바짝 세우더니 가차 없이 대수마왕의 목을 쳤다.

데구루루, 머리통이 바닥을 구르자 들고 있던 마군창도 같이 깨지면서 마기가 둥실 떠올랐다.

본래대로라면 무성에게 향했을 테지만, 지금은 공간과 함께 얼어붙은 것처럼 일절 미동도 하지 않았다.

"요희."

"살려 주시옵소서, 대종주!"

요희마왕은 바닥에 넙죽 엎드렸다.

머리를 땅에도 여러 차례 박는다. 고운 이마가 찢어지면서 피가 철철 흘러넘쳤다.

하지만 주호는 눈 하나 깜빡하지 않았다.

도리어 요희마왕이 땅에 머리를 빻는 순간, 뒤통수 위에 발을 얹었다.

절대 고개를 치켜들 수 없도록.

"말해 보라. 내가 잠시 자리를 비우는 동안 이런 일이 벌어졌다. 아바마마께서 눈을 감지 않으셨다면 진법은 가동도 되지 않았을 테지. 그런데 무슨 낯으로 이리 고개를 치켜든 것이야?"

"제발……!"

콰직!

주호는 발에 힘을 주어 요희마왕의 머리를 으깨 버렸다. 마결수가 깨지면서 새어 나온 마기가 마군창의 마기와 뒤섞였다.

"악음."

"대, 대종주!"

"너 역시 할 말이 없겠지? 그대가 한 것이라고는 피리를 분 것밖에는 없었을 테니 말이다."

악음마왕이 뭐라고 변명을 하려 했지만, 주호가 튕긴 지풍에 이마에 구멍이 뻥 뚫리고 말았다.

멍한 시선 그대로 뒤로 넘어가자, 마평소도 깨져 버렸다.

마기 덩어리가 뒤섞인다.

세 개의 마병이 부서지면서 모인 마기는 양이 어마어마했다. 아지랑이 사이사이로 망령의 그림자 같은 것이 언뜻 비치기도 했다.

"용혈."

"하명하시옵소서."

용혈마왕은 고개를 가만히 조아린다.

그는 아무런 변명도 구차한 구걸도 하지 않았다.

주호의 명에 절대적으로 따르겠다는 듯이.

"그대는 내가 부재중인 동안 이 멍청한 놈들 사이에서 이만큼이나마 계획을 진행시킨 공로가 크다. 그 상은 사라마왕과 같이 받아야 하나, 그가 목숨을 잃었으니 네 목숨을 붙여 두는 것으로 상을 만회한다."

"감사하옵니다."

"일어서라."

용혈마왕은 당당히 주호의 옆에 섰다.

"삼켜라."

용혈마왕은 일말의 망설임도 없이 한껏 입을 벌렸다.

그러자 한데 모인 마기들이 조용히 일곱 갈래로 나뉘어 움직이더니 그의 칠공으로 빨려 들어갔다.

그는 한동안 눈을 감으며 단전에 한가득 쌓인 마기를 음미했다. 마천갑(魔天鉀)의 마기도 같이 녹아들면서 전신백해에 공력을 충만하게 실었다.

몸이 날아갈 것 같았다. 미녀를 안고 난 후의 쾌감도 이에 닿지 못했다.

이것이 천하에 있어 삼존과 칠성만이 닿았다는 등봉조극의 경지일까?

"기분이 어떠냐?"

"좋사옵니다."

"맞다. 그것이 마병의 힘이다. 천마(天魔)가 인계(人界)를 떠나 천계(天界)에 닿을 무렵에 이 세상에 남긴 마령주(魔靈珠)의 진짜 힘이다. 아니, 열 개 전체가 모인 것이 아니니 일부에 불과하지."

"한데, 이것을 왜 제게⋯⋯?"

"네게 준다고 한 적 없다. 지금 다시 되찾을 생각이니."

퍽!

주호는 손을 곧추세워 용혈마왕의 가슴팍을 쳤다.

손바닥은 너무나 손쉽게 가슴을 비집고 들어가 심장을 움켜쥐었다.

주호는 그것을 있는 힘껏 뽑았다.

피가 사방으로 튀었다.

"어……째서……?"

처음으로 용혈마왕의 눈길이 떨렸다.

"아직도 모르겠느냐? 지난날 내가 너희들에게 아홉 개의 마병을 나눠 준 것은 힘을 가지란 의미가 아니라, 마령주의 마기를 가공시켜 두란 뜻이었다. 내가 나중에 되찾을 수 있게."

주호가 차갑게 웃는다.

용혈마왕은 뭐라고 하기 위해 입을 벙긋거렸지만, 주호는 심장을 완전히 뽑아 입에 갖다 댔다.

와그작!

심장을 씹어 먹는 순간, 그동안 용혈마왕이 쌓은 모든 내공들이, 아니, 지금 이 자리에서 죽은 대수마왕부터 악음마왕까지 모든 이들의 공력이 몽땅 주호의 입가를 타고 빨려 들어갔다.

주호가 핏물을 삼키면 삼킬수록 용혈마왕의 시신은 점차 메말라 간다.

그러다 마지막 한 점을 베어 물었을 때, 주검도 결국 목내이가 되어 축 늘어졌다.

그야말로 끔찍하기 짝이 없는 광경.

지잉, 지잉!

유일하게 마혼도만이 기분이 좋다며 울어 댔다.

"흠, 기분이 좋군."

주호는 손등으로 입가를 훔치며 즐겁게 웃었다.

심장을 먹어치우고도 옷은 피 한 점 묻지 않았지만, 빨갛게 물든 입가는 괴기한 느낌을 주었다.

무성이 딱딱한 얼굴로 물었다.

"마병이 대체 뭐지?"

무성 역시 다섯 개의 마병이 남긴 잔재를 단전 속에 담아 두고 있지 않은가.

하지만 자신은 반강제적으로 당한 것에 비해 녀석은 그것을 아주 당연하게 해내고 있었다.

"천마라고 아나?"

"석가여래나 원시천존쯤이라도 되나?"

"크큭! 석가와 천존이라? 뭐, 비슷해. 하지만 그들과 달리 마신은 진짜 인간이었다가 깨달음을 얻어 신의 경지에 오른 자라는 것만이 다르지만. 속세의 사람들에게 이름만 '신'이라 불리는 무신과 같은 가짜가 아닌, 진짜 신이 된 자지."

"신화경(神化境)?"

"그래. 달마와 삼봉에 이어 인간의 한계를 타고 났으나 그 굴레를 벗어던지고 신으로 화한 자. 마(魔)로서 신(神)이 된 유일무이한 자! 그게 바로 천마다."

보통 무를 수련하는 무인이 닿을 수 있는 최고의 경지는 등봉조극이라고 한다.

이 경지에만 닿아도 천하를 오시하며 적수를 찾기가 힘들다.

당대의 거두, 삼존과 야별성의 일곱 주인, 칠성이 여기에 해당한다. 그리고 무성이 혼명이법을 완성하면서 새롭게 이 자리에 올랐다.

그다음에는 입신(入神)이 있다.

인간의 틀을 벗어나 한 발자국 더 나아갔다는 존재.

이 존재 앞에서는 어느 누구도 범접할 수가 없다. 머릿수도 통하지 않는다. 체력도 통하지 않는다.

그야말로 하늘.

그 존재만으로도 세상 위에 우뚝 올라선다.

보통 사람들이 봤을 때는 신과 다를 게 없다.

오늘날에는 딱 한 사람만이 이 경지에 올랐다.

무신 백율. 그만이 이뤘다.

무성은 잘 안다.

백율이 얼마나 드높은지.

그곳에 닿으려면 얼마나 많은 노력과 수고가 뒤따를지 감도 잡히지 않는다.

아니, 노력만 필요한 게 아니다.

자질과 재능이 뒷받침되어야 한다. 무엇보다 천운이 따라야 한다. 오로지 하늘만이 허락하는 경지인 것이다.

그런데 이 경지보다 더 높은 경지가 있다고 한다.

항간에는 전설이나 다를 바 없이 취급되는 경지. 어느 누구도 입증하지 못한 미지의 영역, 신화경.

그런 게 진짜로 있다고?

"하지만 세상은 천마를 잊었다. 아니, 지웠다는 표현이 옳겠지. 그들의 눈에 한낱 마인 따위가 그만한 업적을 이뤘다는 사실을 도무지 인정할 수 없었으니까. 그래서 사람들은 의도적으로 천마와 관련된 모든 것들을 지우고자 애쓰고 거의 성공했다. 거의."

'거의'라는 단어에 힘을 준다.

"하지만 끝까지 목숨을 걸고 천마의 유지를 잇고자 하는 이들이 있었다. 그들은 세상 끝이라는 기련산으로 도망쳐 마을을 이루고 천마를 기리는 종교를 세웠지."

"거기가 어디지?"

"천마신교(天魔神敎). 하지만 속세에서는 그들을 전혀 다르게 부른다."

주호는 잠시 숨을 고르더니 차갑게 입을 열었다.

"대라종(大羅宗)."

"……!"

무성의 눈이 크게 놀랐다.

그가 어찌 모를까?

무신의 전설, 무신행의 최종 종착지가 바로 대라종이었음을!

감숙과 청해 일대에서 일어나 강북을 휩쓸었던 사교.

그들로 인해 소림, 무당, 화산과 같은 구대문파가 줄줄이 거의 봉문을 선언해야만 했다. 파죽지세로 일어나는 대라종은 황궁에서도 위협을 느낄 정도였다.

대라종의 천하는 장강을 넘어 강남으로도 이어져 영원히 이어질 것만 같았다.

어쩌면 그랬을지도 모른다.

무신을 만나지만 않았더라면.

"당시 무신은 무신행을 거쳐 자신을 따르는 무리들과 함께 대라종과 충돌했다. 그들이 바로 홍운재지. 그리고 오랜 싸움 끝에 대라종을 궤멸시키는데 성공, 무주공산이었던 강북에다 거대한 성을 세웠다. 어느 누구도 범접할 수 없는 거대하고 탄탄한 철옹성을."

그것이 바로 무신련.

"겨우 목숨만 구제한 대라종의 잔당들은 다시 기련산으로 숨어들었다. 하지만 고향이 있는 그들과 다르게 얼떨결에 휩쓸렸던 마인들은 갈 길을 잃어버렸지. 계속되는 탄압에 청해로 넘어갈 수밖에 없었어."

이것은 구천마종의 역사다.

"그리고 그들끼리 승부를 겨뤄 가장 강한 아홉 명의 수장을 뽑고, 그들 아래로 뭉쳐 마맥을 만들었으니, 바로 오늘날의 본종이다."

"그럼 마병은?"

"구천마종은 복수를 다짐했다. 언젠가는 권토중래하여 무신련을 부숴 버리겠노라고. 하지만 힘이 너무 부족했지. 무신은, 그들이 봤을 때도 신이었으니까. 그렇다면 놈을 잡기 위해서는 더 큰 힘을 잡아야 하지 않겠는가?"

주호의 입꼬리가 올라간다.

"구천마종은 오랫동안 찾아 헤맸다. 천마가 늘그막에 시간을 보낸 장소를. 천계로 든 성소(聖所)를! 그리고 그곳은 곤륜 한가운데에 있었으니…… 거기서 발견한 게 바로 마령주다."

무성은 마령주가 무엇인지 알 것 같았다.

고승이 입적을 하면 사리를 남기고, 영물이 죽으면 내단을 남긴다.

마령주는 천마가 남긴 잔재이리라.

"하지만 마령주는 일개 인간이 홀로 섭취하기엔 너무 큰 물건이었지. 확실히 신이 남긴 유품이니까. 더군다나 아홉 명의 주인이 있는데 한 명에게 몰아주기도 어려웠지. 결국 당시 구대마왕은 마령주를 열 개로 분할, 병기에 봉인시키기로 결정했다."

"왜 열 개지?"

"아홉 개는 각 마왕들이. 나머지 하나는 훗날 생길 마제에게!"

무성은 그럴듯하다는 생각이 들었다.

"전대 구대마왕은 공동전인을 만들어 구천마종의 미래를 맡기기로 결정했다. 그리고 그것이……."

"바로 그대다?"

"그래."

주호가 차갑게 웃었다.

"아바마마는 그 사실을 어떻게 알고 구천마종과 직접 접촉을 하셨다. 그들로서도 나쁠 것은 없었지. 중원으로 돌아가려는 그들에게 황족은 훗날 아주 좋은 명분이 될 테니까."

무성은 초왕이 얼마나 치밀했던 자인지를 절실히 깨달았다.

무신과도 인연을 쌓아 두고 있으면서 뒤로는 그들의 적인 구천마종과도 인연의 고리를 두다니. 야별성과의 고리는 바로 이때 생긴 듯싶었다.

"결국 마병은 하나로 합쳐질 수밖에 없는 운명이다. 하나였던 마령주를 강제로 열 개로 나눴으니 이제 한 세대를 걸러 다시 하나가 되어야지."

무성은 전대 구대마왕이 어떤 방식을 택했는지를 알 것 같았다.

처음 마령주는 순수한 마기의 집약체였을 터.

순수한 마기를 인간이 감당하기는 어려울 테니 가공이 필요했을 것이다. 그래서 아홉 개의 병기에 나눠 담고 후대의 마왕들이 마병에 익숙해지게 만든다.

마왕들이 수련을 쌓으면 쌓을수록, 내공을 쌓으면 쌓을수록 마기도 계속 가공되어 순화가 될 테니.

그럼 그것을 훗날 대종주로 점지된 마제가 하나둘씩 수거한다.

마병에 심어진 마령주를. 그리고 마병과 연동된 당대 마왕들의 공력과 생명력까지도 전부.

가공된 마령주의 힘에 마왕들의 힘까지 보태 생전 천마가 가진 것보다 더한 힘을 갖게 되는 것이다!

"마왕들은 전혀 모르고 있었던 모양이군. 자신들이 단순한 먹이밖에 되지 않았다는 것을."

"정답! 확실히 똑똑하구나. 그렇다면 내가 왜 네가 마병의 기운을 흡수하도록 만든 건지도 잘 알겠지?"

"내 공력까지 앗아 가려고?"

"그래. 그동안 참으로 궁금했다. 단순한 무지렁이를, 밟으면 꿈틀거리며 죽을 하찮은 것이 어찌 그리도 환골탈태를 할

수 있는지를. 이법이란 게 대체 무엇이건대 그런 기적을 가능

케 했는지를!"

주호는 열변을 토했다.

"거기다 내력이 밝혀지지 않은 무신, 그가 남긴 금구환까지

도! 혼명과 금구환, 이 두 가지에 마령주까지 더해진다면 세상

누가 이 나를 건드릴 수 있을까?"

무성은 생각했다.

이놈은 미쳤다고.

마신환상대진에 휩쓸린 자들과는 비교도 안 되는, 마성에

젖어 진짜 마귀가 되었다고.

"그러니 내놓아라. 네놈이 가진 모든 것들을."

주호는 마치 맡겨놓은 물건이라도 되찾는 것처럼 손을 뻗

었다. 무성은 대답 대신 검을 들었다.

휙! 휙! 휙! 휙!

네 자루의 이기어검을 몸에 두른다. 금구환과 마기가 다시

충돌을 하며 육혈대륜을 맹렬하게 회전시켰다.

"혹시 그런 생각은 안 해 봤나?"

"무슨 생각을 말이냐?"

"도리어 네가 가진 마령주까지도 내게 뺏길 거란 생각."

주호가 피식 웃음을 터뜨렸다.

"그럴 리가."

팟! 파바밧!

두 사람이 충돌한다. 이기어검과 마혼도가 기파를 터뜨린다. 사방 오 장 안에 있던 것들이 모조리 충격파와 후폭풍에 떠밀려 사라졌다.

〈다음 권에 계속〉